LA PLUS BELLE
HISTOIRE DU BONHEUR

André Comte-Sponville, philosophe, a publié de nombreux ouvrages sur l'éthique et la question du bonheur, notamment le *Traité du désespoir et de la béatitude* (PUF) et le *Petit Traité des grandes vertus*, disponible en «Points».

Jean Delumeau, professeur honoraire au Collège de France, spécialiste de l'histoire des mentalités religieuses, a publié notamment *La Peur en Occident* et *Une histoire du Paradis* (Fayard).

Arlette Farge, historienne, spécialiste du XVIIIᵉ siècle, a notamment publié au Seuil *Le Goût de l'archive, Dire et mal dire: l'opinion publique au XVIIIᵉ siècle, Des lieux pour l'histoire.*

André Comte-Sponville
Jean Delumeau
Arlette Farge

LA PLUS BELLE
HISTOIRE
DU BONHEUR

Éditions du Seuil

TEXTE INTÉGRAL

ISBN 978-2-02-084959-3
(ISBN 2-02-063368-X, 1ʳᵉ publication)

© Éditions du Seuil, mai 2004

Sommaire

Prologue 9

PREMIER ACTE
Aux origines de la sagesse

Scène 1. Une quête antique 21
Scène 2. Le désir baroque 48
Scène 3. Le paradoxe des philosophes 58

DEUXIÈME ACTE
L'invention du paradis

Scène 1. Le paradis perdu 73
Scène 2. Le paradis réformé 80
Scène 3. Le paradis retrouvé 88

TROISIÈME ACTE
Le rêve des modernes

Scène 1. La volupté des Lumières 111
Scène 2. La naissance du matérialisme 130
Scène 3. Une idée neuve en Europe 140

Épilogue. Le bonheur au présent 149

Prologue

Vivre ne suffit pas, encore faut-il vivre heureux. L'existence n'a de sens et de saveur que si elle devient le lieu et le temps du bonheur. Nous attendons de la vie le bonheur, jusqu'à parfois passer notre vie à l'attendre. Notre existence serait comme une case vide, une page blanche, qu'il faudrait remplir de bonheur. Nous sommes condamnés à tenter d'obtenir ce Graal, censé nous assurer une joie durable.

Mais de quoi s'agit-il? Qu'est-ce qui fait le bonheur? Un objet (l'argent?), un lieu (le paradis?), un temps (les lendemains qui chantent?), une personne (Dieu, les autres, soi-même?). La réussite, l'amour, la santé, les plaisirs, la beauté?

Pour trouver le bonheur, les philosophes ont très tôt été considérés comme des maîtres incontestés. Il peut toutefois paraître surprenant que ces spécialistes des idées, de l'abstrait, puissent se prononcer sur quelque chose d'aussi concret que le bonheur : en quoi penser (le bonheur) peut-il aider à vivre (heureux)? « La philosophie est une activité qui procure la vie heureuse », déclare Épicure, au IIIe siècle avant Jésus-Christ. La philosophie n'est pas seulement discours, mais aussi une pratique, une activité que l'on nomme communément sagesse. Or la sagesse rend nécessairement heureux celui qui la possède ; c'est donc aux philosophes que revient la tâche de définir ce qu'est le bonheur, et, de fait, le sens et la valeur de la vie. Le but de la philosophie est de connaître l'homme et d'amener les hommes à se connaître eux-mêmes. Tel est le sens du fameux adage de Socrate : « Connais-toi toi-même. » Connaître l'homme revient à lui proposer un bonheur à sa mesure, qui lui convienne et qu'il puisse atteindre par lui-même. Ainsi, Épicure, dont on a caricaturé la doctrine pour en faire le cri de ralliement de tous les jouisseurs de la terre, préconisait une sorte de diététique du bonheur, de régime des plaisirs afin d'obtenir la vie heureuse.

Adversaires de cette philosophie du plaisir, et même d'un plaisir contrôlé comme le défend Épicure, les stoïciens, pour leur part, prônent un bonheur moral ou dans la morale : nous ne sommes jamais aussi heureux que lorsque nous faisons le bien et agissons vertueusement. Il nous faut donc non pas modérer nos plaisirs mais les supprimer, non pas rechercher des plaisirs simples mais fuir tous les plaisirs, qui tous, sans exception, sont nocifs. Sénèque, homme politique, précepteur de Néron, et philosophe, affirme que le plaisir est une « chose basse, servile, faible, fragile », que l'on ne trouve que dans les « cabarets » ; il faut lui préférer la vertu, une conduite morale droite et digne, qui est, selon lui, une chose « sublime, royale, invincible, inépuisable ». Seul le bonheur issu d'une bonne conduite dure, alors qu'un bonheur fait de plaisirs « vient et passe », meurt sitôt qu'il est ressenti.

Plus attrayante semble être la doctrine de Calliclès, adversaire redoutable de Socrate : il affirme qu'être heureux consiste au contraire à nourrir les plus fortes passions et à assouvir ses désirs, même les plus fous.

C'est parce que nous ne pouvons les imiter que nous condamnons ces hommes qui ont choisi de vivre intensément, et cachons notre faiblesse derrière de beaux discours moralisateurs. La réponse que Socrate lui adresse est radicale : cette vie de passions et de plaisirs n'est pas une vie mais une sorte de mort, car l'homme qui vit pour assouvir ses désirs est comme un « tonneau sans fond » ; loin de le combler, ses plaisirs le laissent insatisfait, insatiable, frustré. Ils l'entraînent dans un cercle qui ne peut être que vicieux : « avoir » exige d'avoir encore plus, et désirer, c'est désirer toujours plus. Une voiture ne suffit pas, elle doit avoir toutes les options, le confort n'est pas assez, il faut le luxe. Or « toujours plus » ne peut être le principe d'un homme qui cherche le bonheur.

Mais renoncer au bonheur, affirme plus tard Kant, chef de file des philosophes des Lumières, serait comme renoncer à être homme. Alors qu'est-ce qu'être heureux ? Comment définir le bonheur lorsqu'on ne parvient à dire précisément ce que l'on désire ? Vous pouvez énumérer des petits bonheurs (contempler un beau paysage, voir ses amis, lire un bon polar)… En vain. Ce n'est qu'en faisant l'expérience du bonheur que nous pouvons dire ce qu'il est, et toutes nos expériences heureuses sont aussi imprévisibles que particulières. Aussi est-on incapable de dire avec certitude ce qui rend heureux, d'édicter une règle du bonheur. Pour certains, ce sera la vie de famille, alors que d'autres découvriront les bienfaits de la solitude. Tous les bonheurs sont donc dans la nature, et du bonheur des uns et des autres on ne discute pas. Le bonheur est un « idéal », qui ne se prescrit pas comme un remède. Tout au plus pouvons-nous donner des conseils.

Le bonheur dépend davantage de la chance que de la discipline personnelle. D'ailleurs, dans son étymologie, le terme signifie avant tout la «bonne heure», le bon moment. Le bonheur consisterait-il tout simplement à prendre du «bon temps»? À saisir ce que la chance nous donne?

Notre désir de bonheur risque alors de rester inassouvi: ne faisons-nous pas le plus souvent l'expérience de son contraire – la mort, la fin des belles choses, comme les histoires d'amour ou d'amitié. Toutes nos ruptures, toutes nos déceptions et désillusions portent la marque de cette certitude que le bonheur n'est pas certain. Ce que nous prenons pour du bonheur ne se résume le plus souvent qu'aux moyens, aux activités, aux divertissements que nous inventons pour oublier que nous sommes irrémédiablement malheureux et que le bonheur est impossible. Nous ne voulons pas voir notre tristesse, le vide de nos journées, le néant de notre vie et nous passons notre temps, dans le bruit et la fureur, à nous détourner de nous-mêmes. Tel est l'enseignement qu'au XVIIe siècle Pascal entend tirer de saint Augustin. Attendre son bonheur du «dehors», des choses extérieures (réussite professionnelle, reconnaissance sociale, relation amoureuse), c'est vivre dans la crainte de voir ce bonheur détruit par «mille accidents» et revers de fortune, qui ne manqueront pas d'arriver. Tous nos plaisirs, l'argent, le jeu, l'amour, le pouvoir, ne servent qu'à une chose: nous faire oublier notre malheur, nous «divertir» de la pensée de la mort inéluctable, et de l'idée de ne jamais pouvoir être heureux.

Nous cherchons tous les plaisirs, et les plus «violents» (l'ivresse de l'alcool, de la vitesse, de l'amour), pour ne pas avoir à penser à nous-mêmes: nous enchaînons les sor-

ties, collectionnons les heures supplémentaires et aug-
mentons le son de la radio pour nous oublier nous-mêmes
davantage. Dès l'enfance, remarque Pascal, on demande
aux hommes de s'inquiéter de leur bonheur, «on les
accable d'affaires, d'apprentissage des langues et d'exer-
cices, et on leur fait entendre qu'ils ne sauraient être heureux» sans la «santé, l'honneur, la fortune», et qu'il suffit
qu'une seule chose leur manque pour qu'ils soient malheureux. «Ainsi on leur donne des charges et des affaires»,
qui vont les «tracasser» dès le lever du jour : «Voilà, direz-
vous, une étrange manière de les rendre heureux !» Dans la
course au bonheur et la crainte de manquer de plaisirs, les
hommes en viennent à oublier l'essentiel : eux-mêmes.

Ne vivre qu'à la condition de trouver le bonheur, c'est
oublier de vivre. Pourquoi poser cet impératif du bonheur ? Pourquoi, se demande Nietzsche, rejeter absolument de notre existence le malheur, «les terreurs, les
privations, les appauvrissements, les minuits de l'âme
[…], les coups manqués» ? Il y a une «nécessité personnelle du malheur» et ceux qui veulent nous en préserver
ne font pas nécessairement notre bonheur. La grande
affaire de la philosophie pourrait être de nous persuader
de l'impossibilité du bonheur et de retrouver ainsi l'intui-
tion de Job, l'inconsolé, le grand malheureux de la Bible :
«Quand j'espérais le bonheur, c'est le malheur qui sur-
vint. Je m'attendais à la lumière […] l'ombre est venue»
(Jb 30,26). Si Dieu existe, il existe pour nous consoler de
la douleur qu'il y a parfois à vivre. Le croyant est alors
conduit à faire du Ciel le lieu d'un bonheur éternel.

La religion a donc, elle aussi, apporté sa pierre à l'édi-
fice, en plaçant également le bonheur au centre de ses
préoccupations. Avec plus d'ampleur que toute autre

religion, le christianisme a représenté le bonheur sous la forme d'un Jardin des délices, d'un Éden merveilleux, d'un paradis, perdu par la faute d'un seul, notre ancêtre Adam, mais espéré par tous ceux qui attendent de contempler enfin Dieu dans un face à face heureux et amoureux. Le bonheur est objet d'espérance – l'espérance de vivre de la vie de Dieu, de vivre enfin de son amour. L'idée de ce paradis a cependant évolué. Progressivement s'est effacée la croyance en un royaume des cieux, lieu précis, pour voir le paradis comme un état où toute peine sera consolée, où toute soif sera épanchée, où toute faim sera rassasiée. Cet état est celui que Jésus décrit dans les «Béatitudes», une manière de manifeste du bonheur, d'annonce de lendemains qui chantent: «Heureux ceux qui pleurent: ils seront consolés. Heureux ceux qui ont faim et soif de justice: ils seront rassasiés [...]. Heureux les cœurs purs: ils verront Dieu» (Mt 5,3-8). Qu'est devenue de nos jours, dans notre monde désenchanté, cette croyance en un paradis de bonheur? Chez ceux qui croient au Ciel comme chez ceux qui n'y croient pas, subsiste un désir de bonheur fait de retrouvailles avec ceux que l'on a aimés et qui nous ont aimés. L'enfer, ce n'est pas les autres, bien au contraire: le paradis, c'est se retrouver les uns les autres.

Au fil de l'Histoire, il est toutefois apparu hasardeux de confier la question du bonheur et de sa réalisation à la seule foi: c'est ainsi que les hommes du XVIIIᵉ siècle, au temps de la Révolution, ont aspiré à un bonheur sur Terre, à une organisation politique du bonheur, où chacun aurait les mêmes droits à être heureux, c'est-à-dire à penser et à s'exprimer librement. Le bonheur devient dès lors un art de vivre, fait de la joie de parler, d'échanger, de découvrir, de polémiquer. Il a l'odeur toute nouvelle du chocolat, parfois celle, plus sulfureuse, du libertinage et du jeu des liaisons amoureuses dangereuses. Le siècle des Lumières est ainsi celui des plaisirs et avant que les Jacobins et les Girondins de 1789 ne proclament l'An I du bonheur politique, les hommes et les femmes ont tenté de définir un bonheur au quotidien, alliant joies charnelles et curiosité intellectuelle. Le christianisme, même avec ses anges du Ciel et ses promesses de bonheur éternel, semblait en effet avoir négligé une dimension de l'humain : celle du plaisir.

Le bonheur a donc une histoire : il n'a pas toujours été considéré comme le but de l'existence ni comme un idéal de vie ; certains lui ont préféré la sagesse ou l'amour. Il a aussi été représenté sous différentes formes au cours des âges : celle d'un paradis, puis, au temps de la Déclaration universelle des droits de l'homme, celle d'une société d'hommes libres et égaux. C'est cette histoire que nous avons choisi de retracer, en confrontant le discours des philosophes, des croyants et des historiens. Comment pouvons-nous espérer être heureux ? Faut-il profiter de la vie et de chaque instant, en multipliant les plaisirs ? Faut-il courir après la réussite, se griser des plus folles passions ? Comment se « réaliser », atteindre au contentement ? Existe-t-il des moyens infaillibles pour être heureux ? La recherche du bonheur nous condamne-t-elle à hésiter sans cesse entre pessimisme et optimisme, espérances de joies et attentes déçues ? Comment mettre son bonheur en lieu sûr ?

Dans ce dialogue à trois voix, le bonheur raconte son histoire, de sa naissance, dans la philosophie de la Grèce ancienne, jusqu'à son avènement politique en 1789, en passant par sa représentation paradisiaque au sein de la foi chrétienne. Si la philosophie donne à penser le bonheur, l'histoire en montre l'évolution, la progressive « sécularisation » et la prégnance toujours plus grande dans notre société contemporaine. André Comte-Sponville, qui a consacré à l'idée de bonheur de nombreux ouvrages, raconte comment, dès l'Antiquité, le sort du bonheur s'est trouvé lié à celui de la philosophie. Jean Delumeau, professeur honoraire au Collège de France, spécialiste de l'histoire des mentalités religieuses, montre comment le bonheur a pris, dans l'Occident chrétien, la forme d'un paradis, nous consolant de toutes nos peurs présentes et nous faisant espérer des joies éternelles. Arlette Farge, directeur de recherche au CNRS, historienne spécialiste des comportements populaires au XVIIIe siècle, décrit les plaisirs du siècle des Lumières, siècle de la volupté, et explique comment le bonheur est devenu un but politique, une quête collective au sein d'une République de citoyens éclairés.

Et aujourd'hui ? De nos jours, le bonheur n'est plus ni une promesse ni une idée politique. Il est devenu un droit et même un devoir : être, c'est pouvoir accéder au bonheur ; exister, c'est se faire un devoir d'être heureux. Une publicité d'un célèbre club de voyages jouait sur les mots mais aussi sur le sens en prônant pour slogan : « être-re ». Être plus, c'est être heureux. Le bonheur est ce qui donne un supplément d'être, une dimension nouvelle à la vie : il est la vie lorsqu'elle vaut la peine d'être vécue, c'est-à-dire lorsqu'elle est heureuse. Nous sommes entrés dans l'ère de la nécessité du bonheur : on n'*est* pas, si l'on n'est pas *heureux*. Dans les années 1980, il fallait « être quelqu'un », avoir réussi – surtout en affaires. Dans ce XXIe siècle encore à ses débuts, il faut être, tout simplement. Le bien-être est ainsi la première et sans doute l'ultime étape vers le bonheur. Il faut accéder à plus d'être, à une existence enrichie : dans notre société de consommation de masse, le bonheur réside dans tout ce qui peut nous extraire de l'anonymat, de la foule, du quotidien, de l'égalité démocratique. C'est la célébrité qui devient alors le paradigme et le comble du bonheur, car être célèbre, c'est être plus, c'est avoir une vie en plus : visible, remarquée, connue (« Vu à la TV »).

La rançon de cette « démocratisation » du bonheur est une aspiration toujours plus forte à la singularisation, au refus de l'anonymat. Le bonheur est devenu un impératif ; désormais, il faut « être », être « plus ». Ce « plus » peut aussi résider dans la multiplication des plaisirs au nom d'un *carpe diem* : profitons de chaque jour, ici et maintenant, sans qu'aucune prescription, qu'elle soit morale ou religieuse, ne puisse venir s'immiscer entre nous et notre bonheur. Le *carpe diem* contemporain est la pure affirmation de soi, sans but à remplir ni passé auquel être fidèle. Le bonheur aujourd'hui, ce n'est qu'être (soi) : *« Just do it »*, a-t-on envie de dire en écho à une marque célèbre de sport. On pourrait ainsi penser que l'être a enfin gagné son combat contre l'avoir, et que le bonheur n'est plus dans les possessions (réussite, argent, beauté), mais dans les dispositions (sérénité, quiétude, harmonie). Tout le paradoxe de nos temps modernes est d'inventer un bonheur « intérieur » et de proposer toujours plus de bonheurs à consommer, de produits supposés rendre heureux. L'être et l'avoir, intimement mêlés… C'est notre recette du moment. Mais il semble bien que le bonheur, le mystérieux Graal que nous poursuivons depuis que l'homme est homme, n'ait pas fini de se dérober.

Alice Germain

PREMIER ACTE

Aux origines de la sagesse

Une quête antique

Au commencement est Socrate et avec lui les premiers pas de la philosophie, dont le seul intérêt, l'unique objet, est l'homme, sa vie, son origine, sa destination et… son bonheur.

Et Socrate vint…

– **Alice Germain** : *S'il existe un commencement à l'histoire du bonheur, cela semble coïncider avec la naissance de la philosophie, en Grèce, entre le VIe et le Ve siècle avant Jésus-Christ. Comment la philosophie, qui est une activité intellectuelle, peut-elle dire quoi que ce soit concernant le bonheur, qui est de l'ordre du vécu ? Pourquoi le philosophe en saurait-il plus que les autres sur le bonheur ?*

– **André Comte-Sponville :** Le bonheur ne commence pas avec la philosophie : il y eut des gens heureux et malheureux bien avant que les philosophes n'y réfléchissent ! Ce qui commence avec la philosophie, ce n'est pas le bonheur, mais une certaine façon de le penser, donc aussi de le chercher. Comment ? Par le détour de l'abstraction, de la raison, de la réflexion, de l'argumentation… Dès lors qu'on essaie de réfléchir au bonheur (en se demandant par exemple : « Qu'est-ce qu'être heureux ? » « Qu'est-ce qui peut faire le bonheur ? »), et à condition qu'on le fasse de façon rationnelle, on fait de la philosophie. Et il est vrai que le Ve siècle avant Jésus-Christ constitue un moment particulier, celui de la « révolution socratique », en un lieu particulier, la Grèce.

– *Que signifie cette « révolution socratique » ?*

– Les premiers philosophes grecs, que l'on appelle les présocratiques – Anaximandre, Héraclite, Parménide, etc. –, n'étaient pas des philosophes du bonheur, mais des philosophes de la nature ou de l'être. Socrate opère une révolution intellectuelle en ramenant l'interrogation philosophique de la question primitive : « Qu'est-ce que l'être ? » « Qu'est-ce que la nature ? », à une question historiquement seconde qui est : « Qu'est-ce que l'homme ? », voire « Que suis-je ? ». C'est le fameux « Connais-toi toi-même ». C'était recentrer la philosophie sur la question de l'homme, donc sur la visée du bonheur. Se connaître soi-même, ce n'est pas se contempler le nombril. C'est chercher ce qu'on est, mais aussi ce qu'on doit être ; c'est se demander comment penser, comment vivre, comment être heureux. De fait, à partir de Socrate, la plupart des philosophies grecques seront des philosophies du bonheur, des eudémonismes (du grec *eudaimonia*, bonheur), c'est-à-dire des pensées qui considèrent que le bonheur est le souverain bien.

– *Pourquoi faudrait-il penser le bonheur ?*

– Parce qu'il faut tout penser ! Tel est le pari de la philosophie : vivre avec la pensée, penser sa vie, vivre sa pensée… Cela ne vaut pas seulement pour le bonheur, mais pour tout ce qui est (à commencer par le Tout lui-même : l'univers), et spécialement pour toutes les activités humaines. Par exemple, les Grecs ont découvert les mathématiques ; mais dès qu'ils réfléchissent à cette discipline, dès qu'ils se demandent ce qu'est une vérité mathématique, ils ne sont plus mathématiciens mais philosophes. La philosophie n'est pas un savoir de plus ; c'est une réflexion sur les savoirs disponibles, par exemple sur les mathématiques, et sur l'expérience vécue, par exemple sur le bonheur ou le malheur.

— La philosophie est-elle réellement utile dans la recherche du bonheur ?

— La plupart des philosophes vous répondront que oui, mais aussi que l'essentiel n'est pas là. Le philosophe, par vocation, met la vérité plus haut que l'utilité, donc aussi plus haut que le bonheur. Quand bien même la pensée du bonheur ne le rendrait pas plus accessible, elle vaudrait mieux que la bêtise ou l'aveuglement. Cela dit, la quasi-totalité des philosophes, à commencer par les Grecs, enseignent que la philosophie aide en effet à être plus heureux. Penser mieux, cela aide à vivre mieux !

— Cet intérêt de la philosophie pour le bonheur est lié, dites-vous, à son intérêt premier pour l'homme. Cela signifie-t-il que, dès qu'il s'agit de penser l'homme et de s'intéresser à lui, la notion qui s'impose est celle du bonheur ? Ne pourrait-on pas au contraire affirmer que parler de l'homme, c'est parler de la mort, ou bien encore de Dieu ?

— La philosophie s'occupe aussi de la mort et de Dieu ! Dès lors que nous savons que nous allons mourir, nous ne pouvons pas ne pas réfléchir à la mort. Ou bien il faudrait renoncer à penser, mais ce serait renoncer à la philosophie... De la même façon, dès lors que nous constatons que certains croient en Dieu et que d'autres n'y croient pas, nous ne pouvons pas ne pas réfléchir à la question de son existence. Dans tous les cas, il s'agit de philosophie, c'est-à-dire d'une réflexion à la fois théorique (abstraite, rationnelle, conceptuelle) et pratique (puisque devant déboucher sur une certaine façon de vivre et d'agir). Cela vaut aussi pour le bonheur ; dès lors que l'on s'efforce de vivre mieux, on ne peut se passer de l'idée d'une vie qui serait la meilleure possible, voire qui serait pleinement satisfaisante : c'est ce qu'on appelle traditionnellement le bonheur. Il n'est pas toujours le sujet principal de la philosophie (cela dépend des philosophes), mais c'est un sujet inévitable pour toute réflexion philosophique qui se veut à peu près complète et cohérente.

– Si on vous comprend bien, la philosophie, selon Socrate, permettrait donc de déterminer dans quelles conditions une vie peut être qualifiée d'heureuse ?

– Dès Socrate, l'un des buts principaux de la philosophie fut de déterminer ce qu'est la « vie bonne ». Est-ce la vie la plus heureuse, la plus agréable, celle qui comporterait le plus grand nombre de plaisirs, de joies, de satisfactions ? Ou est-ce la vie la plus estimable moralement, celle de l'homme le plus juste, le plus sage, le plus vertueux ? La réponse de Socrate, et avec lui de toute la philosophie grecque classique, est que c'est l'un et l'autre : la vie bonne, c'est à la fois la vie la plus heureuse et la vie la plus vertueuse. C'est ce qu'on appelle le « souverain bien », à savoir le maximum de bonheur *et* le maximum de vertu. Quelqu'un qui serait heureux et méchant, ce ne serait pas le souverain bien, puisqu'il serait encore mieux d'être heureux et vertueux. Quelqu'un qui serait moralement bon, un saint homme, mais qui ne serait pas heureux, ce ne serait pas non plus le souverain bien, puisqu'il serait encore mieux d'être vertueux et heureux. Le plus grand bien, ce n'est pas simplement être heureux, ce n'est pas simplement être vertueux : c'est être l'un et l'autre. Toute la pensée grecque classique va se jouer dans cette théorie du souverain bien, qui allie le plus grand bonheur avec le maximum de vertu.

– Il ne peut donc y avoir de bonheur immoral, de bonheur dans le mal et l'absence de vertu ?

– Pour la philosophie grecque classique, c'est en effet impossible. Un méchant homme peut avoir du plaisir ; il ne peut pas être heureux. Là-dessus, les principaux philosophes grecs sont d'accord. Reste à savoir s'ils ont raison... Est-ce qu'un salaud peut être heureux ? Est-ce qu'un homme moralement bon, un sage, peut être malheureux ? À ces deux questions, la plupart des Anciens répondent par la négative, alors que nous, les modernes, nous répondrions plutôt par l'affirmative : nous avons le sentiment que la vertu ne suffit pas au bonheur, et que le bonheur ne suffit pas à la vertu. En d'autres termes, depuis la seconde révolution philosophique, celle de Kant, qui nous a fait entrer dans la modernité (la première étant la révolution socratique), nous ne croyons plus au souverain bien.

Épicure n'était pas épicurien

— Avant d'en venir à cette critique de la pensée grecque, revenons aux deux principaux courants qui la caractérisent, à savoir l'épicurisme et le stoïcisme.

— Dans le sillon post-socratique, dans cette nouvelle phase de l'histoire de la philosophie ouverte par Socrate, vont apparaître un certain nombre de courants philosophiques : la voie royale de l'idéalisme (celle de Platon, d'Aristote et de Plotin), mais aussi ces deux écoles un peu plus tardives, l'une et l'autre matérialistes (quoique ce soit en un sens différent), que sont l'épicurisme et le stoïcisme.

Évoquons d'abord Aristote. Tout être tend vers son bien, explique-t-il dans l'*Éthique à Nicomaque*, et le bonheur est le bien de l'homme. Il est le désirable absolu, le souverain bien, c'est-à-dire à la fois le bien le plus grand et le bien ultime. Quoi qu'on fasse, on le fait au bout du compte pour être heureux, ou pour se rapprocher du bonheur : le bonheur est le but que nous visons, en vue duquel tous nos autres buts (par exemple l'argent ou le pouvoir) ne sont que des moyens. Le bonheur, lui, n'est le moyen d'aucune fin. Comment définir son contenu ? De deux façons différentes : par une vie conforme à la vertu (c'est le bonheur ordinaire, celui des braves gens), ou par la contemplation (c'est le bonheur des sages ou des mystiques), les deux bien sûr ne s'excluant pas, mais exprimant plutôt deux dimensions – l'une mortelle, l'autre immortelle – du bonheur. Il faut d'ailleurs reconnaître à Aristote ce mérite, car c'en est un, d'avoir vu que le bonheur, dans ces deux dimensions, n'allait pas sans une part de chance : il suppose un certain nombre de conditions – à la fois sociales et individuelles – favorables. Ce mélange d'humilité et de lucidité me paraît très caractéristique du génie, toujours si plein d'humanité, d'Aristote. Les épicuriens et les stoïciens, confrontés, il est vrai, à une période historique plus troublée, viseront plus haut, du moins en apparence. Ils essaieront d'inventer une sagesse pour temps de catastrophe, dont les disciples ne demanderaient rien d'autre, au hasard ou au destin, que d'être assez intelligents pour pouvoir philosopher… Aristote peut sembler moins ambitieux. C'est peut-être qu'il est plus lucide.

– Ce que l'on met de nos jours sous le terme d'épicurisme n'a pas grand-chose à voir avec ce qu'était l'épicurisme d'Épicure dans l'Antiquité : on pense à une doctrine de plaisirs effrénés alors qu'Épicure préconisait la frugalité…

– Vous avez bien sûr raison : l'épicurisme n'est ni la débauche ni la goinfrerie. Pourtant l'épicurisme, au sens philosophique du terme, a effectivement à voir avec l'épicurisme au sens trivial et moderne du mot, puisqu'il renvoie à une doctrine du plaisir. La différence, c'est qu'au sens courant du terme un épicurien est quelqu'un qui veut multiplier les objets du plaisir – un jouisseur. Tel n'est pas le cas d'Épicure, bien au contraire. En fait, l'épicurisme est un paradoxe, puisqu'il est à la fois un hédonisme (du grec *hêdonê*, plaisir) et un ascétisme. Mais ce n'est pas une contradiction : pour Épicure, il s'agit bien de jouir le plus possible, de souffrir le moins possible, mais pour cela d'apprendre à limiter ses désirs. Il s'agit d'augmenter le plaisir, mais par la réduction de ses objets : jouir le plus possible, en désirant le moins possible ! L'éthique épicurienne se présente comme un travail du désir sur lui-même, comme une volonté de sélectionner, parmi les désirs, ceux qui peuvent aboutir au bonheur, et de rejeter, au contraire, ceux qui nous vouent à une quête indéfinie, donc à l'insatisfaction et au malheur.

– *L'épicurisme pose donc que tous les plaisirs ne se valent pas, que le plaisir n'est pas une norme en soi...*

– Tout plaisir en lui-même est un bien, affirme Épicure, mais tous les plaisirs ne se valent pas, parce qu'il existe des plaisirs qui amènent davantage de souffrances que de satisfactions. Le plaisir de l'alcoolique, par exemple, est bien un plaisir (quand il boit, il jouit de sa boisson) ; mais l'alcoolisme entraîne davantage de souffrances que de plaisirs. À l'inverse, toute souffrance en elle-même est un mal, et pourtant toute souffrance n'est pas à fuir : il y a des souffrances qui peuvent, par la suite, engendrer des plaisirs ou éviter d'autres souffrances plus importantes. Une consultation chez le dentiste est ordinairement désagréable ; mais, sur la durée, c'est moins de souffrances que de garder une dent cariée, qui fera souffrir pendant des années.

– *« Il faut souffrir pour être belle » serait-il un adage épicurien ?*

– Non, parce que la beauté, pour un épicurien, est moins importante que le plaisir et la souffrance. Le sage n'a pas besoin d'être beau pour jouir. L'épicurisme n'est pas un esthétisme. C'est un hédonisme conséquent, donc aussi un eudémonisme : il s'agit de jouir le plus possible, mais, pour ce faire, de choisir, parmi les plaisirs, ceux qui sont compatibles avec le bonheur, et d'éviter ceux dont la poursuite nous voue au malheur ou à l'insatisfaction perpétuelle.

Prudence, prudence...

– *D'où la nécessité de la philosophie parce que, pour choisir, il faut connaître à la fois l'homme et la nature des plaisirs...*

– D'où la nécessité, d'abord, de la prudence (*phronèsis*, en grec). C'est bien davantage que le simple évitement du danger. C'est une espèce de sagesse pratique : chacun sait qu'il existe des plaisirs néfastes et des souffrances utiles. Ce savoir-là existe avant même la philosophie, et il la rend possible. La philosophie, pour Épicure, est comme une rationalisation de la prudence. Il s'agit de vivre le plus intelligemment possible, afin de jouir le mieux possible. Pour ce faire, Épicure propose une classification des désirs, en trois catégories : certains désirs sont naturels et nécessaires, d'autres sont naturels sans être nécessaires, d'autres enfin ne sont ni naturels ni nécessaires.

– *Pouvez-vous expliquer cela ?*

– Les désirs qui ne sont ni naturels ni nécessaires – désirs de gloire, de richesse, de pouvoir, etc. – sont illimités et vains. Ils nous vouent irrémédiablement à l'insatisfaction : vous n'aurez jamais assez d'argent, de pouvoir ou de gloire. De sorte que si vous désirez l'argent, le pouvoir ou la gloire, vous vous condamnez vous-mêmes à l'insatisfaction. Or l'épicurisme, je l'ai dit, est à la fois un hédonisme et un eudémonisme : le plaisir est le principe de tout bien, mais c'est le bonheur (le plaisir en repos de l'âme) que nous cherchons par-dessus tout. Il faut donc renoncer aux plaisirs qui ne sont ni naturels ni nécessaires. Quant aux désirs qui sont naturels sans être nécessaires, par exemple le désir sexuel, les désirs esthétiques ou gastronomiques, il n'y a pas lieu d'y renoncer totalement ; mais il faut veiller à ne pas en être esclave. Il faut jouir de leurs objets, quand ils sont là, sans en avoir besoin pour être heureux. Si une femme ou un homme s'offre à vous, ou si l'on vous convie à un bon repas, il n'y a pas de raison de dire non. L'essentiel est de ne pas faire dépendre votre bonheur de la satisfaction de ces désirs ; car il n'est pas certain qu'il y aura toujours une femme ou un homme pour vous satisfaire, ni que vous aurez toujours les moyens de faire de bons repas.

– Nous faudrait-il alors désirer uniquement ce que nous sommes certains d'obtenir ?

– Les seuls désirs absolument bons sont les désirs naturels et nécessaires, qu'ils soient nécessaires à la vie elle-même (manger, boire), au bien-être du corps (avoir des vêtements et un toit) ou au bien-être de l'âme, c'est-à-dire au bonheur (c'est le cas de l'amitié et de la philosophie). Si vous désirez uniquement ne pas mourir de faim ni de soif, posséder un toit et des vêtements, philosopher et avoir des amis, alors vos désirs, en temps de paix et dans une société équilibrée, seront presque toujours facilement satisfaits. Philosopher ? Il suffit de vous y mettre, et cela vous procurera des amis. Manger et boire ? Il est rare qu'on ne puisse le faire. Mais quand bien même vous en seriez empêchée, ce ne serait pas si grave : votre mort ferait disparaître le problème. La seule alternative, pour le sage, c'est donc le bonheur ou la mort. Mais le bonheur est de loin le plus probable : il est rare, dans la Grèce d'Épicure, qu'on meure de faim ou de soif. Dans les pays riches d'aujourd'hui, comme la France, les gens ne meurent pas non plus de faim, et pourtant ils ne sont pas heureux, dirait Épicure, parce qu'ils passent leur temps à désirer non pas ce qui est naturel et nécessaire, ni même ce qui est naturel et non nécessaire, mais ce qui n'est ni naturel ni nécessaire, à savoir la richesse, le pouvoir, la gloire... Comment seraient-ils heureux, puisque leurs désirs ne peuvent être satisfaits ?

– Selon cette conception, il faudrait limiter ses désirs, pour ne pas courir le risque d'être déçu et malheureux. C'est triste, non ?

– Cette classification des désirs ne vise pas du tout à la mortification, bien au contraire ! L'épicurisme est un art de jouir. Mais c'est aussi, par là même, un art du bonheur. L'épicurisme n'est un ascétisme que parce qu'il est d'abord un hédonisme (le plaisir est le principe de tout bien) et un eudémonisme (le bonheur est le souverain bien). L'ascétisme n'est qu'un moyen, pas une fin. Jouir le plus possible suppose, c'est vrai, qu'on limite le champ de ses désirs ; mais c'est le plaisir qui est bon, non la limitation ! Si vous ne désirez que ce qui est naturel et nécessaire, alors vous obtiendrez un maximum de jouissance. L'épicurien trouve un plaisir extrême dans un morceau de pain et un verre d'eau, alors que le débauché, comme dit Épicure, même en se gavant de banquets perpétuels, est incapable de se satisfaire : il est voué à l'ennui, au dégoût, à l'angoisse, à l'insatisfaction... Lucrèce, le grand disciple latin d'Épicure, l'a merveilleusement exprimé : « Tant que demeure éloigné l'objet de nos désirs, il nous semble supérieur à tout le reste ; est-il à nous, que nous désirons autre chose, et la même soif de la vie nous tient toujours en haleine… »

– *Cependant, même si l'on arrive à cette véritable discipline du bonheur, n'y a-t-il pas un désir qui nous taraude toujours et que nous ne pouvons vraiment pas satisfaire : celui de ne pas mourir ?*

– Épicure y verrait sans doute un désir qui n'est ni naturel ni nécessaire ! Dès lors que la vie n'est pas infinie, la seule façon d'être heureux, c'est d'accepter sa finitude. La position d'Épicure vis-à-vis de la mort tient en une formule : « La mort n'est rien pour nous. » Pourquoi ? Parce que rien n'existe pour nous que dans la sensation ; or celui qui est mort ne sent plus rien. Ma mort et moi, nous ne nous rencontrerons jamais. Pourquoi devrais-je la craindre ? Tant que je suis vivant, la mort, par définition, n'est pas là ; et lorsque la mort est là, c'est moi qui ne suis plus… La sagesse épicurienne est une sagesse de la vie, fondée sur l'idée simple et forte que la mort, c'est le néant. Avoir peur de la mort, c'est donc n'avoir peur de rien – ce qui, pour Épicure, est l'absurdité même. Pour nous, les modernes, « avoir peur de rien », ce serait plutôt la définition même de l'angoisse (à la différence de la crainte, qui est la peur de quelque chose). Mais l'épicurisme peut aussi être considéré comme une thérapie de l'angoisse, donc de la peur de la mort, dont Lucrèce fait dépendre la plupart de nos passions : elles ne sont rien d'autre, explique-t-il, que des tentatives pour fuir la peur de la mort. Tant que nous n'arriverons pas à surmonter cette peur, nous ne pourrons être heureux ; or la seule façon de la surmon-

– Attention de ne pas l'entendre comme une apologie de la paresse ou de l'inaction ! La sagesse stoïcienne est une sagesse de l'acceptation : le sage acquiesce à tout ce qui arrive, puisque cela ne dépend pas de lui. Mais il ne s'abstient nullement d'agir ! Au contraire : sa sagesse est aussi une sagesse de l'action. S'agissant de ce qui dépend de lui, le sage ne s'abstient que de ce qui est mal, de ce qui est indigne de lui ou incompatible avec sa liberté. Pour tout le reste, il fait pleinement ce qui dépend de lui. Si l'épicurisme est un art de jouir, le stoïcisme est un art de vouloir. Pour Épicure, il s'agit de privilégier les désirs qui peuvent être satisfaits presque à coup sûr, à savoir les désirs naturels et nécessaires. Pour les stoïciens aussi, en un sens, il faut privilégier les désirs qui peuvent être satisfaits à coup sûr. Mais ce ne sont pas les désirs naturels et nécessaires : le premier tyran venu peut m'empêcher de manger ou de boire… Les seuls désirs dont la satisfaction est garantie, ce sont les désirs dont la satisfaction dépend de nous, c'est-à-dire les désirs qui peuvent faire l'objet d'une volonté. Vous avez de l'eau ? Vous pouvez vouloir boire. Mais si l'eau fait défaut ? Alors vous pouvez *espérer* boire (c'est-à-dire désirer ce qui ne dépend pas de vous, ce pour quoi le sage, lui, n'espère rien), mais point le *vouloir*. Le sage, dans cette circonstance inconfortable, se contente non pas de vouloir la soif, comme on le croit parfois (la soif ne dépend pas de lui), mais de vouloir la supporter dignement, ce qu'il fait en effet. On peut multiplier les exemples. Si, malade, vous désirez être en bonne santé, ce n'est pas un vouloir – cela ne dépend pas de vous –, mais une espérance. Or l'espérance est un désir dont la satisfaction ne dépend pas de vous.

Mieux vaut vouloir vous soigner, si c'est possible, ou accepter dignement la mort, si elle est inévitable. Accepter ce qui ne dépend pas de nous, cela dépend de nous !

– *Il s'agit donc d'espérer le moins possible…*

– … pour vouloir le plus possible ! Le sage se reconnaît au fait qu'il n'espère rien : il n'est plus que volonté, c'est-à-dire qu'acceptation (pour tout ce qui ne dépend pas de lui) et action (pour tout ce qui en dépend). C'est pourquoi il est libre (il fait tout ce qu'il veut) ; c'est pourquoi il est heureux (tout ce qu'il veut arrive, puisqu'il ne veut que ce qui arrive ou ce qu'il fait). Il s'agit de se libérer de l'espérance pour apprendre à vouloir. Tel est le sens de la formule de Sénèque, dans une Lettre à Lucilius : «Quand tu auras désappris à espérer, je t'apprendrai à vouloir.» Quand tu auras désappris à désirer ce qui ne dépend pas de toi, ce qui te voue à l'esclavage et au malheur, je t'apprendrai à désirer ce qui en dépend, ce qui te voue à la liberté et au bonheur.

Des sages extrémistes

– *Ce qui dépend le plus de nous, n'est-ce pas finalement la volonté ?*

– Rien ne dépend de nous que la volonté ! Si le sage est libre, ce n'est pas parce qu'il aurait renoncé à désirer, au sens ordinaire du mot ; c'est parce qu'il n'a d'autres désirs que ceux dont la satisfaction dépend de lui : il ne désire que ce qu'il est en état de vouloir. Comme il n'a pas d'espérance, il n'a pas de crainte non plus ; il est donc parfaitement serein (c'est l'ataraxie stoïcienne :

l'absence de trouble); et comme ses volontés sont, par définition, satisfaites (puisqu'il dépend de lui de les satisfaire), il est pleinement heureux. C'est ainsi que le moralisme stoïcien est en même temps un eudémonisme : si vous ne désirez que ce qui dépend de vous, vous vivrez bien, au sens moral du terme (on ne fait le mal, pour les stoïciens, que parce qu'on désire ce qui ne dépend pas de soi : par exemple l'argent ou le pouvoir), et vous serez en même temps totalement heureux.

– *Entre le bonheur comme chance, qui nous fait désirer ce qui ne dépend pas de nous, et le bonheur que l'on obtient par la volonté, en voulant ce qui dépend uniquement de nous, il faut donc toujours préférer le second et rejeter le premier...*

– Pour les stoïciens, oui. Pour eux comme pour les épicuriens, il s'agit d'éliminer la part de chance. C'est ce qui rend parfois leur sagesse, aux uns et aux autres, quelque peu inhumaine ou improbable. Si vous ne désirez que ce qui est naturel et nécessaire, dira un épicurien, le hasard ne peut plus rien contre vous, sauf vous tuer. Mais, encore une fois, comme la mort n'est rien, le hasard ne peut rien contre vous, que ce *rien* même de la mort. Si vous ne désirez que ce qui dépend de vous, dira un stoïcien, alors le destin ne peut rien contre vous, sauf, là encore, vous tuer. Mais comme mourir n'est pas une faute morale, et comme il n'est de maux que moraux, la mort n'en est pas un. Mourez donc tranquillement et dignement...

– *Curieux bonheur, quand même...*

– Oui ! Épicuriens et stoïciens donnent l'image de deux bonheurs invincibles, indestructibles, inexpugnables, deux bonheurs contre lesquels le hasard ne peut rien. J'y vois une part de faiblesse ou d'irréalisme. Je suis davantage sensible, je l'indiquais tout à l'heure, à ce qu'il y a de plus nuancé ou de plus humain dans la pensée d'Aristote ou, plus tard, de Montaigne. Épicuriens et stoïciens, quelle que soit leur grandeur, qui est considérable, me paraissent quelque peu dogmatiques ou outranciers. Disons qu'ils simplifient la vie à l'excès. Certes, ils indiquent deux vraies dimensions de la sagesse : la sagesse est bien un art de jouir, et elle est aussi un art de vouloir. Mais ni cet art de jouir ni cet art de vouloir ne peuvent nous garantir le bonheur, parce que le bonheur est aussi un « bon-heur », au sens étymologique du terme, c'est-à-dire un coup favorable, une bonne fortune, bref une question de chance. Si un de mes enfants est atteint d'une maladie incurable et mortelle, comment pourrais-je être heureux ? Le stoïcien me répondra que si je ne désire pas qu'il soit en bonne santé mais seulement ce qui dépend de moi (le soigner, m'occuper de lui, supporter vaillamment sa mort...), rien ne m'empêche d'être heureux... Cause toujours !

– *C'est le cas de le dire...*

– Je sais bien, moi, que je ne peux pas ne pas désirer qu'il vive – que je suis incapable, par conséquent, d'être stoïcien. Cela ne constitue pas une réfutation du stoïcisme, qui n'y verrait que l'aveu de ma propre faiblesse. Mais cette faiblesse étant une donnée de fait, il faut pourtant en tenir compte. La même chose vaut contre l'épicurisme. L'épicurien me montrerait que désirer que son enfant soit en bonne santé n'est pas un désir naturel et nécessaire, et qu'il ne faut donc pas le désirer. Parle pour toi ! Je sais bien, moi, que j'en suis incapable. Ces deux sagesses sont des extrémismes éthiques. «La sagesse a ses excès, dira Montaigne, et n'a pas moins besoin de modération que la folie.» Il a raison. Stoïcisme et épicurisme sont des sagesses exagérées, outrancières, qui manquent en cela de sagesse. Contre quoi Aristote, et plus encore Montaigne, vont nous apprendre à penser une sagesse qui n'est pas d'exception : une sagesse pour tout le monde, ou presque, et pour tous les jours – une sagesse pour ceux qui ne sont pas des sages, autrement dit pour vous et moi.

La troisième voie d'Aristote

– *Cette sagesse d'Aristote est une position moyenne, un « juste milieu », qui correspond mieux à la nature humaine : le bonheur dépend de nous et de nos vertus, mais il dépend aussi des biens matériels et intellectuels...*

– Aristote remplacerait le *« ou »* épicurien ou stoïcien par un *« et »*. Ou c'est un désir naturel et nécessaire, ou ça ne l'est pas ; ou cela dépend de toi, ou cela n'en dépend pas ; telles sont les matrices des sagesses épicurienne et stoïcienne. Pour Aristote, tous ces désirs font partie de la vie humaine, donc aussi du bonheur : il faut les accepter les uns et les autres. Pour Aristote aussi, la sagesse est un art de vivre heureux ; mais il voit bien qu'il y a dans notre bonheur des éléments qui ne dépendent pas de nous, que certes, pour être heureux, je dois être vertueux, libre, «prendre ma vie en main», mais qu'en même temps j'ai besoin de ne pas vivre dans la misère ou le déshonneur, d'avoir des amis, d'être en bonne santé, que ma patrie ne subisse pas l'oppression ou la guerre civile – toutes choses qui ne dépendent pas de moi, ou qui n'en dépendent que très partiellement. Prétendre qu'on puisse être heureux sous la torture, comme le voulait Socrate, comme le voudront les stoïciens et les épicuriens, c'est « parler pour ne rien dire », constate Aristote.

– *Vous lui donnez raison ?*

– Oui. Qu'est-ce que ce bonheur dont personne n'est capable ? Une partie du bonheur aristotélicien est certes liée à la vertu, qui dépend de nous, mais une autre partie est d'origine externe ou hasardeuse : le bonheur, considéré dans son entier, ne dépend donc pas totalement de nous, ce qui constitue à la fois la faiblesse d'Aristote, en théorie, mais aussi sa force en pratique, parce qu'il est ainsi plus proche de notre expérience ou de notre humanité. Il faut rappeler aussi qu'à ce bonheur quotidien et relatif, avec ses aléas et ses limites, ses à-peu-près et ses fluctuations, s'ajoute un bonheur « théorétique » ou « contemplatif », qui est tout autre chose. Il s'agit de la contemplation au sens quasi mystique du terme. Le génie d'Aristote, ou son génial bon sens, est de ne renoncer ni à l'un ni à l'autre de ces bonheurs : il y a ce bonheur relatif qui, pour une part, est une question de chance, et il y a ce bonheur contemplatif de la vie intellectuelle ou spirituelle, qui est comme une jouissance d'éternité. Ce n'est pas l'un ou l'autre, mais les deux ensemble que nous visons. Tant mieux si nous pouvons atteindre au moins partiellement (« autant qu'il est possible », dit Aristote) l'un et l'autre ; tant pis si le hasard ou notre propre faiblesse nous en empêchent. La philosophie n'est pas une assurance tous risques.

Au petit bonheur la chance ?

— Si l'on admet que le bonheur comporte une part de chance, ne devient-il pas alors impossible de donner des règles, des principes pour y accéder ? Ne doit-on pas accepter, avec Kant, d'en faire un concept indéterminé, une notion dont on ne peut rien dire de précis ni de définitif ?

— Le bonheur, selon Kant, est la satisfaction de tous nos penchants, de tous nos désirs. C'est en quoi le concept en est indéterminé : tout le monde veut être heureux, mais personne ne sait exactement comment le devenir ! C'est qu'il faudrait, écrit Kant, « un tout absolu, un maximum de bien-être dans mon état présent et dans toute ma condition future », ce qu'aucun élément empirique n'est bien sûr capable d'apporter. Le bonheur, ici-bas, est donc inaccessible, et même impensable dans son détail. Nous aurons toujours des désirs insatisfaits, par conséquent nous ne serons jamais pleinement heureux. C'est en quoi le bonheur est un idéal, écrit Kant, « non de la raison, mais de l'imagination ». Nous pouvons rêver le bonheur, nous ne parvenons jamais à le penser, encore moins à le vivre.

— On peut au moins s'efforcer d'être vertueux.

— On le peut et on le doit ! Mais cela ne suffit pas au bonheur. Kant montre que le souverain bien – c'est-à-dire l'harmonie, la conjonction entre le bonheur et la vertu – est hors d'atteinte ici-bas. Là où les Anciens pensaient soit que le bonheur faisait la vertu, soit que la vertu faisait le bonheur, mais qu'en tout état de cause

41

ils allaient toujours ensemble, Kant constate que cette conception est démentie par l'expérience : il y a des salauds heureux, ou, à tout le moins, plus heureux que bien des honnêtes gens, à qui il arrive d'être atrocement malheureux. Dans notre monde, le bonheur et la vertu ne vont pas ensemble, non pas qu'ils soient incompatibles (Kant n'est pas pessimiste à ce point), mais parce que rien ne garantit leur conjonction, leur proportion, leur harmonie, rien n'assure à l'homme vertueux qu'il obtiendra le bonheur.

– *Que peut-il faire alors ?*

– Il lui faut reporter cette harmonie dans un autre monde, dans une autre vie : il faut postuler une vie après la mort et un Dieu qui juge, de telle sorte que les honnêtes gens soient enfin heureux et que les méchants soient punis. C'est l'idée chrétienne de récompense et de châtiment, d'enfer et de paradis. D'ici là, il faut nous occuper moins de ce qui peut nous rendre heureux que de ce qui nous rend *digne* de l'être. C'est le principe de la morale : « Agis de telle sorte que tu sois digne d'être heureux. » Seras-tu heureux pour autant ? Ici-bas, rien ne le garantit. Il faut donc croire en Dieu et en une vie après la mort pour ne pas désespérer de la vie humaine. C'est ce que Kant appelle un « postulat de la raison pratique », et le principe de la religion. Cela ne prouve pas que Dieu existe (un postulat n'est pas une preuve), cela n'oblige pas à y croire (un postulat n'est pas un devoir), mais cela nous y pousse – parce que c'est la seule façon, pour un sujet moral, d'échapper au non-sens. C'est ce qu'on a appelé « l'horizon d'espérance » du kantisme, qui est aussi, ce n'est pas un hasard, sa dimension religieuse. Toujours est-il qu'en scindant bonheur et vertu, en montrant qu'ici-bas rien ne garantit leur conjonction, Kant privilégie, en droit et en fait, la vertu : ce qu'il s'agit de faire, c'est d'abord son devoir ; le bonheur ne viendra, s'il vient, que par surcroît. En ce sens, le philosophe allemand se trouve plus proche des stoïciens que des épicuriens, même s'il ne croit au souverain bien, au contraire des stoïciens, que pour après la mort. Si nous nous rendons dignes d'être heureux (tel est le sens de la morale), nous pouvons espérer l'être en effet après la mort (tel est le sens de la religion). Quant à ceux qui n'ont pas de religion, ils n'échappent pas pour autant à la morale ; mais ils sont voués, s'ils sont lucides, au désespoir…

— Par conséquent, nous ne devrions jamais faire une bonne action sous condition d'en tirer du bonheur…

— Si vous la faites sous condition, ce n'est plus une bonne action, au sens moral du terme (qui suppose au contraire que le devoir soit inconditionné). Si vous faites du bien pour être heureux, votre action est égoïste. Elle est donc sans valeur morale. Par exemple, le chrétien qui ne ferait le bien que pour son salut, il ne ferait pas réellement le bien (puisqu'il agirait de façon égoïste) et ne serait pas sauvé. Si vous donnez un euro à un SDF en vous disant que c'est quelques années de purgatoire en moins, vous ne faites qu'une action égoïste de plus ; il y a tout lieu de penser que votre séjour au purgatoire, pour ceux qui y croient, en demeurera inchangé… Si bien que la seule façon d'agir vertueusement, c'est de bien agir *sans rien espérer en retour*. De ce point de vue, la morale échappe à l'espérance. Si vous accomplissez une « bonne action » dans l'espoir d'en tirer un quelconque bénéfice, alors votre action n'est pas mora-

lement bonne mais intéressée, donc égoïste. Agir moralement, c'est faire son devoir, comme dit Kant, « sans
rien espérer pour cela ». La morale, dans son principe,
n'a pas besoin de l'espérance. C'est ce qui lui permet
(car sinon il y aurait cercle) de la justifier. Ce n'est pas
l'espérance du bonheur qui conditionne la morale ; c'est
la morale qui justifie cette espérance.

Un bonheur pour les méchants ?

*– Ne dois-je pas néanmoins espérer qu'il existe un
Dieu pour me récompenser d'avoir fait mon devoir ?*

– L'espérer, oui ! Mais à condition de ne pas agir pour
cette raison-là ! La morale, dans son principe, est désin-
téressée : nous devons faire notre devoir parce que c'est
notre devoir, sans viser d'autre but que ce devoir même.
D'un autre côté, la religion nous laisse espérer que nous
serons récompensés... Vous savez que Kant résume le
champ de la philosophie en trois grandes questions :
« Que puis-je savoir ? » « Que dois-je faire ? » « Que
m'est-il permis d'espérer ? » La première, « Que puis-je
savoir ? », c'est la question théorique, celle des limites
et des conditions de la connaissance : Kant lui consacre
la *Critique de la raison pure*. La deuxième, « Que dois-
je faire ? », c'est la question morale : Kant lui consacre
la *Critique de la raison pratique*. La troisième, « Que
m'est-il permis d'espérer ? », c'est la question religieuse. On s'attendrait à ce qu'il en parle dans son troisième grand œuvre, la *Critique de la faculté de juger*.
Mais la vérité, c'est qu'il en parle dans les trois ouvrages !
C'est dire assez l'importance qu'il lui accorde. Ces trois

questions n'en sont pas moins différentes. La religion ne propose ni un savoir ni une morale (Kant, esprit libre et moderne, voit bien qu'on n'a pas besoin de croire en Dieu pour faire des sciences, ni pour agir moralement), mais une espérance. Il faut donc donner à la morale ce qu'elle requiert, c'est-à-dire faire son devoir sans rien espérer pour cela, et en même temps donner à la religion ce qu'elle permet, à savoir espérer qu'en agissant de façon à se rendre digne d'être heureux, on le sera effectivement après la mort. Mais ce n'est pas cette espérance qui motive l'action vertueuse. La révolution qu'effectue Kant consiste à ne pas soumettre la morale à la religion, comme on le faisait traditionnellement, mais bien plutôt à soumettre la religion à la morale. Ce n'est pas parce que nous croyons en Dieu que nous agissons bien ; c'est parce que nous agissons bien que nous pouvons avoir, par ailleurs, l'espérance d'une vie heureuse après la mort. C'est peut-être la vraie révolution kantienne : ce n'est plus la religion qui fonde la morale, c'est la morale qui fonde la religion.

– *Pour les Grecs également, le bonheur n'allait pas sans la vertu, et une vie sage ou vertueuse rendait plus heureux qu'une vie débridée, qui n'aurait fait aucun cas de la vertu...*

– C'est encore vrai au XVIIe siècle, par exemple chez Spinoza : le sage, qui connaît et aime la vérité, est plus heureux que l'ignorant, qui se laisse emporter par ses passions... Cependant la moralité, au sens moderne du terme, se définit moins par cette connaissance de la vérité que par la place que l'on accorde à l'autre : un individu moral, pour les modernes, c'est un individu qui n'est pas égoïste, ou qui l'est moins que les autres, alors que le méchant est sauvagement égoïste, prêt à faire souffrir les autres pour son plaisir personnel. Or, considérée de ce point de vue, la moralité ne peut suffire au bonheur : très souvent, c'est précisément parce que nous nous soucions de l'autre que nous sommes malheureux ! La souffrance des personnes que nous aimons est un obstacle à notre bonheur ; le malheur de l'humanité nous empêche d'être pleinement heureux. Si bien que nous n'avons plus les moyens de la belle confiance grecque, ni même du bel optimisme des classiques. La modernité nous a appris que bonheur et vertu n'allaient pas nécessairement de pair, et qu'ils peuvent même parfois s'opposer. Peut-être sommes-nous davantage juifs que grecs ? Vous connaissez la belle formule de l'Ecclésiaste : « Beaucoup de sagesse, beaucoup de chagrin ; plus de savoir, plus de douleur… »

– *Pour être heureux, il nous faudrait renoncer à la vérité, à voir le monde tel qu'il est ?*

– Surtout pas ! Mais notre amour de la vérité, ce que j'appellerais volontiers la lucidité, détermine moins une relation aux autres qu'un rapport à soi. Cela relève moins de la morale, à nos yeux, que de la sagesse. C'est en quoi cela concerne le bonheur, du moins s'il veut être authentique. Tout vrai bonheur suppose un rapport à la vérité, car si l'on vit dans le mensonge ou dans l'illusion, on ne connaît que de faux bonheurs, que des bonheurs illusoires. Si bien que la sagesse – le bonheur que vise le philosophe – consiste à vivre le plus heureusement possible, certes, mais pas de n'importe quel bonheur. Un bonheur qui ne serait obtenu qu'au moyen de drogues ou d'illusions, personne ne songerait à y voir une sagesse. La sagesse, c'est le bonheur dans la vérité – le maximum de bonheur dans le maximum de lucidité. Le moins que l'on puisse dire, c'est que la morale n'y suffit pas.

– *Épicure proposait une sorte de diététique, de régime des plaisirs, mais ne s'aveuglait-il pas sur la nature humaine ? Est-ce que la nature humaine n'est pas de désirer et de désirer toujours plus ?*

– Est-ce l'épicurisme qui se fait des illusions sur l'homme, ou est-ce nous qui ne sommes pas capables d'être épicuriens ? Est-ce son anthropologie qui est fausse, ou nous qui sommes faibles ? Dans une de ses dernières lettres, dont on a conservé un fragment, Épicure, qui est en train de mourir, écrit à l'un de ses amis : «Je t'écris en ce bienheureux jour de ma vie, qui est aussi le dernier. Les douleurs rénales et intestinales sont telles que rien ne peut en augmenter l'intensité ; mais elles sont contrebalancées en moi par la joie que j'éprouve, au souvenir des conversations que nous avons eues ensemble.» Épicure a tort tant que nous ne sommes pas capables d'être épicuriens ; mais il a raison si nous sommes capables de le devenir. C'est en cela que réside la différence entre la philosophie et la sagesse : la philosophie est un discours, alors que la sagesse est une pratique, une expérience, une certaine façon d'exister et d'agir. Cela dit, il y a sagesse et sagesse. Il faut reconnaître qu'il est difficile d'être authentiquement épicurien, d'être heureux au milieu des souffrances et des tourments. Cette sagesse épicurienne est inaccessible aux hommes ordinaires ; elle est peut-être valable pour Épicure, mais, en ce qui me concerne, je m'en sens incapable. Il me faut donc une autre sagesse.

Le désir baroque

Au XVIIᵉ siècle de Hobbes, Pascal et Spinoza, l'idée du bonheur n'est plus ce qu'elle était. Voilà que l'on débat du manque et du désir.

Penser avec Hobbes, vivre avec Épicure

– *Une autre sagesse, disiez-vous. Avançons donc dans l'histoire. Faut-il se tourner vers un autre philosophe, plus conscient des limites de la nature humaine, de ses aspirations ? Ne faut-il pas ainsi adopter la thèse de Hobbes qui montre que la nature de l'homme est de toujours désirer et de désirer toujours plus ?*

– Contrairement à Épicure, et bien qu'il soit lui aussi matérialiste, Hobbes montre en effet qu'il est impossible de limiter ses désirs à ceux qui sont susceptibles d'une satisfaction totale. Pourquoi ? Parce que le désir se vit dans le temps. Dans la nature, souligne Hobbes, seul le présent existe. Mais l'homme, par l'imagination, ne cesse de se projeter dans l'avenir. C'est pourquoi le bonheur, écrit Hobbes, « ne consiste pas dans le repos d'un esprit satisfait ». Il n'y a pas de souverain bien, ni de but ultime : « Celui dont les désirs ont atteint leur terme ne peut pas davantage vivre que celui chez qui les sensations et les imaginations se sont arrêtées.» L'ataraxie épicurienne, ce serait la mort. Le bonheur, pour Hobbes, n'est pas un repos. C'est «une continuelle marche en avant du désir, d'un objet à un autre, la saisie du premier n'étant encore que la route qui mène au second». Ce que l'homme veut par-dessus tout, ce n'est pas le plaisir, c'est le pouvoir : «Ainsi, conclut Hobbes, je mets au premier rang, à titre d'inclination générale de toute l'humanité, un désir perpétuel et sans trêve d'acquérir pouvoir après pouvoir, désir qui ne cesse qu'à la mort.»

– *Quel rapport entre le pouvoir et le bonheur ?*

– Celui-ci : «Le pouvoir d'un homme consiste dans ses moyens présents d'obtenir quelque bien apparent futur.» Dès lors que le désir s'inscrit dans le temps, dès lors, comme l'écrit encore Hobbes, que «l'objet du désir de l'homme n'est pas de jouir une seule fois et pendant un seul instant, mais de rendre à jamais sûre la route de son désir futur», tout désir est désir d'avenir, donc désir de pouvoir. Nous voilà bien loin d'Épicure ! À la théorie du bonheur comme souverain bien se substitue une théorie du pouvoir comme objet d'une quête indéfinie. La question est alors de savoir si ce qui nous meut est la recherche du bonheur ou la quête du pouvoir. Ce pourrait être les deux. Il me semble que si Hobbes a malheureusement le plus souvent raison quant à l'homme, c'est Épicure qui a raison quant au bonheur. L'anthropologie hobbessienne est plus vraie ; l'éthique épicurienne, plus juste. S'il faut choisir, et il le faut parfois, pensons donc avec Hobbes, et vivons plutôt avec Épicure…

– Il vaut mieux donner raison à la morale même si elle a tort quant à l'homme…

– Le bonheur relève moins de la morale, qui est faite de devoirs, que de l'éthique, qui est un art de vivre. Le bonheur ne se commande pas, ni ne commande : ce n'est pas un devoir que d'être heureux ! Quant à choisir entre l'éthique épicurienne et l'anthropologie hobbessienne, il le faut parfois. Mais cela ne signifie pas qu'elles soient toujours incompatibles. Si Hobbes a raison quant à l'homme, cela veut dire que nous ne serons jamais pleinement heureux, jamais pleinement satisfaits, jamais pleinement des sages. J'en suis d'accord. Mais le fait de n'être jamais pleinement un sage n'oblige pas à être complètement fou ! Il existe des degrés dans la sagesse : nous pouvons être *plus ou moins* sages. Montaigne me semble être le meilleur représentant de cette sagesse relative : on peut être plus ou moins sage, plus ou moins fou, plus ou moins heureux, plus ou moins malheureux.

– L'important est donc d'essayer d'être sage…

– L'important est de réussir, si possible, à devenir un peu plus sage ! Le fait que l'on ne puisse jamais atteindre la sagesse absolue, ce n'est pas une raison pour s'enfermer dans la folie. Autant renoncer à apprendre quoi que ce soit, sous prétexte qu'on ne saura jamais tout ! Même chose pour la sagesse : qu'on ne puisse l'atteindre tout à fait, ce n'est pas une raison pour renoncer à s'en approcher. Mieux vaut un peu de sagesse que pas de sagesse du tout.

Le désir ne fait pas le bonheur

– *Ce dialogue fictif que vous venez de reconstruire entre Épicure et Hobbes, que plusieurs siècles séparent, me fait penser à un autre dialogue, celui entre Calliclès et Socrate, qui sont quant à eux des contemporains. Calliclès affirme que le bonheur, c'est avoir les capacités d'être heureux, c'est-à-dire utiliser tous les moyens que l'on a en sa possession pour vivre et nourrir les passions les plus fortes. Seuls les plus forts, ceux qui ont toutes les aptitudes, les moyens, les talents, etc., pourront atteindre à ce bonheur. Socrate lui rétorque que vivre ainsi revient à vivre dans une insatisfaction permanente car le désir par nature est insatiable. Cette réponse de Socrate est-elle réellement convaincante?*

– Je serais volontiers d'accord avec Socrate sur la morale : l'apologie que fait Calliclès du droit du plus fort est immorale. En revanche, contre Socrate, il faut admettre que le bonheur et le bien sont deux choses différentes, que l'honnête homme qui échoue sera souvent moins heureux que le méchant qui réussit. Dans le débat entre Socrate et Calliclès, je ne prends donc position ni pour l'un ni pour l'autre. Socrate a tort : le bien (au sens moral du terme) et le bonheur sont deux choses différentes. Mais c'est aussi ce qui donne tort à Calliclès : quand bien même le salaud qui réussit serait heureux, il n'en serait pas moins moralement condamnable. Enfin, Socrate a raison sur ce point, il est peu probable que le méchant soit vraiment heureux, car celui qui désire le pouvoir, la fortune ou la gloire n'en aura jamais assez, il en voudra toujours plus : c'est le tonneau des Danaïdes. Si être heureux, c'est avoir ce que l'on désire, l'homme passionné de Calliclès ne sera jamais heureux : dès qu'il obtient une chose, il en veut davantage ; il est voué à l'insatisfaction.

– *Désirer, ce n'est donc pas vouloir la satisfaction du désir mais vouloir toujours plus de désir…*

– Désirer, c'est vouloir la satisfaction de ce désir, tant qu'il n'est pas satisfait. Mais une fois qu'il l'est ? Si le désir est manque, comme le veut le Socrate du *Banquet*, vous ne pouvez que désirer autre chose, que vous n'avez pas… Comment seriez-vous heureux ? Vous désirez devenir millionnaire ? Vous n'êtes pas heureux, puisque vous n'avez pas ce que vous désirez. Vous gagnez un million au loto ? Votre bonheur ne dure que peu de temps : très vite vous désirez autre chose, par exemple être aimé ou devenir milliardaire. Si bien que Socrate et Calliclès ont tort, pour des raisons différentes, tous les deux. La vertu ne suffit pas au bonheur, ni le bonheur à la vertu. Ce n'est pas une raison pour renoncer à l'un ou à l'autre.

– *Le bonheur ne résiderait donc pas dans la satisfaction de nos désirs…*

– Pas tant que le désir est manque ! Être heureux, c'est avoir ce qu'on désire. Mais si le désir est manque, on ne désire, par définition, que ce qu'on n'a pas : on n'a donc jamais ce que l'on désire (dès qu'on l'a, on cesse de le désirer) et l'on n'est pour cela jamais heureux… En revanche, le bonheur peut résider dans la satisfaction de nos désirs, si nous désirons ce que nous faisons ou ce qui est (ce qui ne manque pas). Si vous désirez marcher pendant que vous marchez, manger pendant que vous mangez, votre désir est pleinement satisfait et rien ne vous empêche d'être heureux. À vous de voir si vous restez prisonnier du manque, par exemple du désir portant sur l'avenir (l'espérance), ou si vous savez vivre au présent, c'est-à-dire désirer ce que vous faites ou ce dont vous jouissez actuellement. Toute la difficulté réside dans le fait que le désir porte spontanément sur ce qui manque : nous ne savons guère désirer que ce que nous n'avons pas, que ce que nous espérons, alors que ce qui fait le bonheur, ce n'est pas le manque mais le plaisir, pas l'espérance mais l'amour et l'action.

Le génie de Pascal

– *On peut donc être heureux dans l'avoir ou la possession, à condition de vivre au présent. Cependant, un autre philosophe, Pascal, affirme que nous ne pouvons jamais vivre le bonheur au présent mais que nous passons notre vie à l'attendre ou à craindre qu'il ne dure pas ; c'est pourquoi, finalement, nous ne sommes jamais heureux : «Ainsi nous ne vivons jamais, mais nous espérons de vivre, et, nous disposant toujours à être heureux, il est inévitable que nous ne le soyons jamais.»*

– Mettre son bonheur dans l'*avoir* ? Je n'y crois pas trop. Tout ce qu'on a, on peut le perdre : voilà le bonheur qui se dissout dans l'angoisse… Mettre le bonheur dans l'*être* ? Cela supposerait que nous soyons quelque chose, et qu'il suffise d'*être* pour être heureux… Faites l'expérience, comme vous y convie Pascal : installez-vous dans votre chambre, restez-y vingt-quatre heures sans rien faire, et vous constaterez que le simple fait d'*être* ne suffit pas au bonheur, mais conduit au contraire à l'ennui, à l'angoisse, à l'insatisfaction, à la tristesse… Le bonheur n'est pas dans l'avoir, mais il n'est pas non plus dans l'être. Il est dans l'agir : l'homme ne peut jouir vraiment que de ce qu'il fait. Le seul bonheur humain est un bonheur en acte, un bonheur dans l'action.

– Laissons l'homme à lui-même, laissons-le dans une chambre pendant ne serait-ce que quelques minutes : il va ou se sécher d'ennui ou mourir de désespoir, en faisant l'expérience qu'il n'est rien et qu'il est voué à n'être rien puisqu'il va mourir. L'homme s'invente donc une course au bonheur pour fuir ce présent angoissant. Si Pascal a raison, la recherche du bonheur n'est alors qu'une illusion, une façon de s'éviter et de s'oublier soi-même – dans l'alcool, le bruit, le travail, le jeu…

– Pascal est un « génie effrayant », remarquait Paul Valéry. Et le vrai lieu de son génie est son anthropologie, ou sa psychologie, que vous venez d'évoquer. Là où Pascal est indépassable, c'est dans la lumière très crue qu'il jette sur ce que nous sommes : il montre que l'homme ne peut pas rester face à face avec lui-même sans tomber dans l'ennui, le dégoût, le désespoir, parce qu'il découvre alors le peu qu'il est et qui l'attend. Que suis-je ? Presque rien. Qu'est-ce qui m'attend ? Rien : le néant, la mort. D'où le « divertissement », au sens pascalien du terme, c'est-à-dire ce flot d'occupations que nous nous imposons, lesquelles semblent viser au bonheur mais qui, en réalité, ne servent qu'à nous éviter de penser à nous-même et à notre mort. Ainsi le roi qui va à la chasse, apparemment pour tuer un lièvre… Si on lui apportait un lièvre tout cuit, il verrait bien que le lièvre ne fait pas le bonheur : ce qui compte, ce n'est pas la prise, dit Pascal, mais la chasse ; ce n'est pas le lièvre, mais le fait de le pourchasser, parce que, pendant que l'on court après le lièvre, on ne pense pas à la mort… Misère de l'homme. Nous faisons semblant d'être heureux, pour oublier que nous ne le sommes pas et que nous allons mourir.

– *Cependant, nous pouvons espérer, toujours selon Pascal, un bonheur dans l'autre vie…*

– Oui, c'est même le seul bonheur, pour Pascal, ici-bas ! Pourquoi ne sommes-nous pas heureux ? Parce que nous ne désirons que l'avenir, qui n'est jamais là. C'est le fragment que vous évoquiez tout à l'heure. Pascal y explique qu'on ne vit jamais pour le présent : on vit un peu pour le passé, et surtout beaucoup pour l'avenir. Et le fragment se termine par les mots que vous citiez : « Ainsi nous ne vivons jamais, mais nous espérons de vivre, et, nous disposant toujours à être heureux, il est inévitable que nous ne le soyons jamais. »

– *Faut-il alors renoncer au bonheur ?*

– Selon Pascal, non. Mais il faut le chercher dans la religion : « Il n'est de bonheur dans cette vie, écrit ailleurs Pascal, que dans l'espérance d'une autre vie. » Au fond, ce sera aussi l'argument du pari : la religion est plus avantageuse, y compris dès cette vie. C'est ce dont je doute. Mais quand bien même cela serait, où a-t-on vu que la pensée doive se soumettre au plus avantageux ? Autant vendre son âme au plus offrant… Mais revenons au bonheur. Si Pascal a raison, un athée ne peut échapper au désespoir et donc au malheur. C'est précisément ce « *et donc* » que j'ai essayé, pour ma part, de remettre en cause. Je crois, en accord avec Pascal, qu'un athée lucide et cohérent ne peut échapper au désespoir, puisque rien ne l'attend au bout du compte que la mort. Mais je me refuse à penser avec lui que le désespoir soit nécessairement un malheur.

– *Quoi alors ?*

– On peut concevoir – et il m'est arrivé de vivre – un désespoir heureux, ou un bonheur désespéré, ce que j'appelle un *gai désespoir*. C'est même le seul bonheur qui me paraisse, hors la foi, concevable. On n'espère que ce qu'on n'a pas. Si nous espérons le bonheur, c'est que nous ne sommes pas heureux. À l'inverse, celui qui serait pleinement heureux n'aurait plus rien à espérer : c'est ce qu'on appelle la sagesse. Bonheur et désespoir peuvent donc – et doivent, pour l'athée – aller ensemble : tant que j'espère le bonheur, je ne suis pas heureux ; lorsque je suis heureux, je n'ai plus rien à espérer. C'est l'esprit de Spinoza : « Il n'y a pas d'espoir sans crainte, ni de crainte sans espoir », écrit-il dans l'*Éthique*. Cela entraîne que le sage, qui vit par définition sans crainte (c'est ce qu'on appelle la sérénité), vit aussi sans espoir (s'il espérait quoi que ce soit, il aurait peur que cette espérance ne soit pas satisfaite). Non, du tout, qu'il n'ait plus de désir ! « Le désir est l'essence même de l'homme », écrit Spinoza : si le sage n'avait plus de désir, il ne serait plus un être humain. Mais parce qu'il ne désire que ce qui est (ce n'est plus espérance mais amour) ou ce qu'il fait (ce n'est plus espérance mais volonté). Le bonheur spinoziste est en cela un bonheur désespéré, au sens littéral du mot : non pas un bonheur triste, ce qui serait contradictoire et très peu spinoziste, mais un bonheur qui n'espère rien. Le réel lui suffit. Or on n'espère, par définition, qu'autre chose que le réel. On retrouve peu ou prou la même idée dans les traditions orientales, notamment bouddhistes et hindouistes. Dans le *Sâmkhya-Sûtra* (qui cite lui-même le *Mahabharata*), on lit ceci : « Seul le désespéré est heureux ; car l'espoir est la plus grande torture qui soit, et le désespoir la plus grande béatitude. » L'espoir est la plus grande torture, parce qu'on n'espère que ce qu'on n'a pas. Et le désespoir est la plus grande béatitude, car seul celui qui n'espère rien peut jouir pleinement de ce qui est. C'est pourquoi j'ai parlé, dès mon premier livre (intitulé *Traité du désespoir et de la béatitude*), d'une sagesse du désespoir. L'espoir nous enferme dans le manque : nous voilà séparés du bonheur par l'espérance même qui le poursuit ! La sagesse consiste à ne plus espérer le bonheur ; c'est la seule façon de le vivre.

Le paradoxe des philosophes

Vivre sa vie dans l'espérance du bonheur, ne vivre que sous la condition d'être heureux est sans doute le meilleur moyen… d'être malheureux. Pour atteindre le bonheur, dit le philosophe, il ne faut pas le chercher…

L'absence du malheur

– Selon Kant, le bonheur est la satisfaction de tous nos penchants : une telle définition du bonheur ne conduit-elle pas à le croire impossible ?

– En effet… Si cette définition du bonheur était pertinente, nous ne serions jamais heureux. C'est pourquoi je pense qu'il faut proposer une autre définition. Kant a montré, je n'y reviens pas, qu'il existe un écart irréductible entre la morale et le bonheur. Mais faut-il pour autant renoncer à celui-ci ? Je n'en crois rien. En vérité, la définition du bonheur comme satisfaction de tous nos penchants fait plutôt référence à ce que j'appelle la *félicité*, qui est hors d'atteinte. Nos désirs étant indéfinis, fluctuants, toujours recommencés, comment pourraient-ils être tous satisfaits ? Ce n'est qu'un rêve, pas une expérience ! Mieux vaut, pour penser le bonheur, s'appuyer sur une expérience incontestable, qui est celle du malheur. Or, l'expérience du malheur est celle d'une durée où toute joie semble impossible : vous vous levez le matin et vous avez le sentiment que cette journée qui commence sera dépourvue de toute joie – parce que vous avez perdu l'être que vous aimiez plus que tout, parce que vous souffrez d'une maladie incurable, parce que vous vivez dans la misère… Vous êtes malheureux : la joie, pour vous, est devenue impossible. Par opposition, on peut appeler « bonheur » tout espace de temps où la joie est perçue non comme toujours présente, mais comme immédiatement possible (elle peut advenir sans que rien d'essentiel ne change à l'ordre du monde). Vous vous levez le matin, et vous sentez que la joie peut naître, en vous, d'un moment à l'autre : vous êtes heureux. Cela ne vous empêche pas d'avoir des soucis, des inquiétudes, des chagrins parfois. Qui n'en a pas ? Mais s'il vous est arrivé, au moins une fois dans votre vie, d'être vraiment malheureux, vous n'en faites pas moins la différence ! Comme c'est bon de n'être pas malheureux ! Comme c'est bon de savoir que la joie est immédiatement possible !

– *Tout cela, somme toute, est une question de définitions.*

– Les définitions ne valent pas par elles-mêmes, mais pour ce qu'elles permettent de penser et de vivre. Si l'on entend par « bonheur » une joie constante, immuable, pérenne, on se méprend sur la joie, qui est mouvement, changement, fluctuation, « passage », comme dit Spinoza, et sur le bonheur, qui n'est que l'espace intérieur (mais ouvert sur le monde) d'une joie possible. Et l'on

s'interdit de le vivre, et l'on est malheureux, absurde-
ment, de n'être pas heureux ! C'est bien sûr le contraire
qu'il faut faire : s'appuyer sur l'expérience du malheur,
quand on en est sorti, et surtout sur celle de la joie, quand
elle est là ou lorsqu'on se souvient de sa réalité passée ou
possible… C'est sur une telle joie qu'il faut bâtir son
bonheur, et non sur une félicité inaccessible. Si vous
attendez, pour être heureux, que tous vos désirs soient
satisfaits, vous ne le serez jamais. Mieux vaut procéder à
l'inverse : être heureux de n'être pas malheureux !

– *Cette nouvelle définition que vous proposez ne
tend-elle pas à faire du bonheur le simple négatif du
malheur ?*

– Ma définition est plus modeste que celle de Kant,
mais elle n'est pas pour autant simplement négative. Le
bonheur, c'est quand on n'est pas malheureux, mais
c'est aussi, et surtout, quand la joie paraît immédiatement possible, *a fortiori* quand elle est réelle. Elle n'est
pas toujours là, elle va, elle vient, mais rien d'insur-
montable ne nous en sépare. Le bonheur est lié en cela à
l'imaginaire, mais cet imaginaire fait partie de notre
existence, de notre expérience réelle de la vie. Cela
m'éclaire sur un fait sociologique qui m'a longtemps sur-
pris. Lorsqu'on demande aux Français, par sondage, s'ils
sont heureux, une grosse majorité répond «oui». Depuis
que j'y vois plus clair sur le bonheur, je comprends
mieux cette réponse. Si quelque 80 % des Français se
disent heureux, ce n'est pas qu'ils vivent constamment
dans la joie, cela se verrait, ni que leurs désirs soient
tous satisfaits, tant s'en faut. C'est simplement qu'ils
sentent qu'ils ne sont pas malheureux, et ils le sentent
d'autant plus clairement qu'ils l'ont été à d'autres

périodes de leur vie ou qu'ils voient des gens, autour d'eux, qui le sont. Ils ont le sentiment que la joie, pour eux, est de l'ordre de l'actuellement possible : ils savent qu'elle va venir dans la journée, dans la semaine, qu'il y aura des moments de joie, parfois intense, parfois diffuse, lesquels suffisent à justifier une existence, à lui donner ce goût, fût-il parfois amer, du bonheur…

– *C'est donc une conception assez modeste du bonheur que vous avancez.*

– Oui, parce que nos bonheurs le sont aussi. Ma définition a le mérite de correspondre à notre expérience de la vie. Le bonheur n'est pas un absolu, mais une modalité – éminemment relative – de l'existence, avec ses hauts et ses bas, avec ses joies qui vont et viennent… Il faudrait vraiment tout ignorer du malheur – ou n'aimer pas du tout la vie – pour cracher sur ce bonheur-là ! Il n'existe pas de bonheur absolu (pas de félicité), mais, tant qu'on n'est pas malheureux, on est *plus ou moins* heureux, ou *à peu près* heureux. Ne faisons pas la fine bouche ! Ne faisons pas comme ces nihilistes ou ces décadents, qui crachent dans la soupe du réel. L'une des choses que la vie m'a apprises, et qui me rapproche tout de même d'une forme de sagesse, c'est ceci : être *à peu près heureux*, c'est déjà un bonheur.

Le sens de la vie

– *Dès qu'on pense au bonheur, on pense quand même au sens de la vie, comme si être heureux était tout le but de notre existence…*

– C'est peut-être un piège. Pour ma part, je dirais plutôt l'inverse : nos moments de plus grand bonheur (ceux où la joie n'est pas seulement possible mais réelle, éclatante, bouleversante) sont ceux où la question du sens de la vie ne se pose plus. Parce qu'on aurait découvert ou atteint ce sens ? Nullement. Mais parce que la vie, ici et maintenant, suffit à nous combler.

– *Qu'entendez-vous par « sens » ?*

– C'est une notion difficile, d'abord parce qu'elle est double : elle peut concerner à la fois la signification (le sens d'une phrase) et la direction ou le but (le sens d'un fleuve, le sens d'un acte). Mais, en chacune de ces deux acceptions, et cela redouble la difficulté, le sens renvoie à autre chose qu'à lui-même. Le sens d'un mot n'est pas ce mot (si je vous demande « Voulez-vous une tasse de café ? », ce n'est pas le mot « tasse » que je vous propose). Le sens d'un acte n'est pas cet acte. Par exemple, si je prends l'autoroute dans le sens Paris-Marseille, Marseille est le sens de mon déplacement, pendant plusieurs heures. Et ce serait le cas également si je venais, en avion, de New York ou de Pékin : Marseille peut faire sens dans tous les endroits du monde. Sauf un. Il y a un endroit, et un seul, où Marseille ne fait pas sens : c'est à Marseille. Quand on y est, on ne peut pas y aller. Le sens est toujours ailleurs, et nous sommes toujours ici. Il n'est sens que de l'autre, et réalité que du même.

– *Quelle conclusion en tirez-vous à propos du bonheur ?*

– Le sens de la vie ne peut être qu'une autre vie (tel est le sens qu'offrent les religions) ou une vie autre (celle qu'on espère). Mais si l'on vise autre chose que la vie réelle, c'est que la vie telle qu'elle est ne nous satisfait pas, donc que l'on n'est pas heureux. Le bonheur n'est le sens de la vie que pour ceux qui ne sont pas heureux. Ceux qui sont heureux n'ont plus à chercher autre chose que leur vie telle qu'elle est, telle qu'elle passe, telle qu'elle s'invente ou se transforme d'instant en instant. C'est en quoi l'expérience du bonheur n'est pas du tout une expérience du sens ; c'est une expérience du présent, de la réalité, de la vérité actuellement disponible. La vie, dit Montaigne, «doit être elle-même à soi sa visée». Le but de vivre, c'est vivre. Le plus grand bonheur, c'est l'expérience d'un moment – on dirait l'éternité – où la question du sens ne se pose plus, parce que la vie, ici et maintenant, suffit à nous combler.

– *Si vivre suffit, pourquoi demander l'aide des philosophes pour penser le bonheur ?*

– Parce que vivre, le plus souvent, ne va pas de soi. Tant mieux pour ceux qui n'ont pas besoin de la philosophie pour être heureux, qui ont une espèce de sagesse spontanée. Cela ne les dispense pas de philosopher, de s'interroger sur leur vie ou sur le monde, mais cela rend la philosophie, pour eux, moins urgente. Pour les autres, par exemple pour moi, la philosophie est d'autant plus nécessaire qu'ils sont incapables, sans elle, d'aimer la vie telle qu'elle est.

– *Être heureux, ce serait donc considérer la vie comme étant son propre but ?*

– La vie, oui, pas le bonheur ! Si vous n'aimez la vie que sous conditions, que lorsqu'elle est heureuse, ce n'est pas la vie que vous aimez, mais le bonheur. Or, ce que vous vivez, bien ou mal, c'est votre vie : vous voilà séparé du bonheur par le désir même que vous en avez. Tant que c'est le bonheur que vous désirez, et non la vie, de deux choses l'une : soit vous espérez un bonheur que vous n'avez pas (vous n'êtes donc pas heureux), et le bonheur se trouve reporté *sine die* ; soit vous espérez que le bonheur dont vous jouissez actuellement dure toujours, auquel cas vous avez peur qu'il ne cesse : votre bonheur s'obscurcit d'angoisse ou d'inquiétude, au point parfois de disparaître. Le vrai secret du bonheur, c'est qu'on ne peut l'atteindre qu'en cessant de le chercher – non parce qu'on l'aurait trouvé, mais parce qu'on a compris que l'important n'est pas le bonheur, qui n'est au fond qu'une idée, qu'un idéal, mais la vie réelle, telle qu'elle est, heureuse ou malheureuse. Vous connaissez cette formule de Flaubert : « Que ce mot de "bonheur" a fait couler de larmes ! Sans lui on vivrait plus tranquille… » Il n'a pas tout à fait tort. Dès lors que le mot existe, pourtant, il faut bien s'en servir. Le tout est de ne pas en être dupe. Si c'est le bonheur que nous aimons, la vie même, presque toujours, nous en sépare. À l'inverse, si c'est la vie que nous aimons, y compris dans ses moments de souffrance, d'angoisse, de malheur, alors tant que nous sommes vivants, l'objet de notre amour est là. D'où le paradoxe : seul celui qui a cessé de chercher le bonheur peut être heureux ; seul celui qui aime la vie davantage que le bonheur peut être heureux. C'est ce paradoxe qu'Alain a si bien énoncé : « Le bonheur est une récompense qui vient à ceux qui ne l'ont pas cherchée. »

Apprendre à se réjouir

— La philosophie peut-elle nous aider à vivre ce paradoxe ?

— Il s'agit de passer de l'espérance du bonheur à l'amour de la vie, même si la vie n'est pas toujours aimable. Pourquoi le serait-elle ? Ce n'est pas la valeur de la vie qui justifie l'amour que nous lui portons ; c'est au contraire l'amour que nous lui portons qui donne à la vie sa valeur. L'amour n'est pas soumis à la valeur de son objet : il est créateur de valeur. « Ce n'est pas parce qu'une chose est bonne que nous la désirons, écrit Spinoza, c'est inversement parce que nous la désirons que nous la jugeons bonne. » Si bien que le travail de la philosophie est un travail de pensée, dans son contenu théorique, mais aussi un travail du désir, dans son contenu pratique ou affectif : il s'agit d'apprendre à vivre, à jouir et à se réjouir, c'est-à-dire d'apprendre à aimer.

— Dès que l'on s'interroge sur le sens de sa vie, on se trouverait ainsi d'emblée hors du bonheur.

— « Dès qu'on s'interroge sur le sens de la vie, disait Freud, on est malade. » Je n'irai pas jusque-là. Il n'y a pas lieu de s'interdire de poser la question du sens. L'important est de comprendre, le plus tôt possible, que le bonheur se reconnaît au moment où cette question ne se pose plus. Ce peut être un moment d'illumination, de bonheur fulgurant, d'extase parfois, mais ce peut être aussi, et plus souvent, une expérience très simple. Vous faites une promenade qui vous ravit, vous vivez une expérience amoureuse ou érotique qui vous comble, vous passez une soirée avec des amis, et tout d'un coup vous réalisez que cette expérience-là – la promenade, l'amour, la sexualité, l'amitié – se justifie par elle-même, et non pas en fonction d'un sens qui renverrait toujours à autre chose. Cette expérience est tellement pleine, tellement heureuse, tellement simple, qu'elle n'a pas besoin d'autre justification. Dès lors, nous ne sommes plus dans la quête du sens, mais dans l'expérience du réel, de la vérité, de la présence. La quête du sens débouche toujours sur la religion, puisqu'il n'est sens que de l'autre : le sens de la vie ne peut être qu'une autre vie (après la mort), le sens du monde ne peut être qu'autre chose que le monde, c'est-à-dire Dieu. Tant mieux pour ceux qui y croient. Mais le philosophe n'est pas un herméneute. Ce qu'il cherche, ce n'est pas le sens, c'est la vérité. Et ce que le sage a trouvé, ou plutôt ce qu'il habite, ce dont il jouit, ce n'est pas le sens non plus, qui est toujours absent, mais un peu du réel, qui est toujours présent, ou de la vérité, qui est éternelle – réel et vérité qui le contiennent, qui le traversent, qui le portent et l'emportent, et qui, au présent, ne font qu'un…

– N'avons-nous pas tendance à croire que la vie ne vaut la peine d'être vécue que si elle apporte le bonheur ?

– La vie ne vaut que pour celui qui aime la vie. Heureusement, c'est presque toujours le cas. Il y a en nous une pulsion de vie, comme dit Freud, ce que les stoïciens appelaient la tendance *(hormê),* ce que Spinoza appelle le *conatus* (la tendance de tout être à persévérer dans son être), qui fait que vivre est bon. C'est encore une expression d'Alain : « La vie est délicieuse par elle-même, et au-dessus des inconvénients… » Il existe une expérience fondamentalement positive de la vie, qui nous fait considérer – malgré les malheurs, malgré les soucis – qu'elle n'est pas un inconvénient, quoi qu'en dise Cioran, mais un cadeau formidable. La vie n'est pas une case vide qu'il faudrait remplir. D'abord parce que la vie n'est jamais vide : quand bien même vous restez assis sans rien faire, vous constatez non pas une absence mais la présence de la vie même. C'est l'esprit du zen. Contempler la vie telle qu'elle est, telle qu'elle passe, ce n'est pas toujours faire l'expérience d'un manque, contrairement à ce que prétend Pascal, c'est aussi, parfois, faire l'expérience d'une plénitude. Tant que la vie est là, tant qu'on est pure attention (et non plus attente), il n'y a pas de vide, car la vie est par elle-même auto-expérience de soi, et ce qu'elle éprouve, dans cette expérience, c'est sa propre puissance d'exister et d'agir, comme dit Spinoza, qui fait partie de la puissance infinie de la nature. Manquer ? De quoi, grands dieux, puisque tout est là ? Ce n'est que lorsque vous désirez autre chose que ce qui est (autre chose que tout !), qu'il y a vide et manque. Ce n'est que lorsque vous quittez l'attention pour l'attente que vous vous ennuyez. Si vous désirez la richesse, tant que vous ne l'avez pas, vous constatez le vide de la fortune qui vous manque ; si vous espérez telle histoire d'amour que vous ne vivez pas, votre vie est vide de cet amour-là, et vous vous ennuyez. Je ne vous le reproche pas : cela m'arrive aussi. Mais j'essaie de comprendre. Ce n'est pas la vie qui est vide ; elle le devient chaque fois que l'on désire autre chose qu'elle-même.

Rester vivants

– En fait, c'est le désir qui nous rendrait malheureux…

– Pas toujours, et pas tout désir ! Le désir n'est manque que lorsqu'il est désir d'un objet absent. C'est le désir selon Platon : «Ce qu'on n'a pas, ce qu'on n'est pas, ce dont on manque, voilà les objets du désir et de l'amour…» Heureusement que ce n'est pas toujours le cas. L'expérience érotique est à cet égard l'une des plus claires. Désirer celui ou celle que l'on n'a pas, c'est faire l'expérience du manque, de la frustration, du vide. Mais désirer celui ou celle qui est là, qui se donne, avec qui l'on fait l'amour, c'est au contraire expérimenter une présence, une puissance, une plénitude. Autre exemple : l'alimentation. La faim est un manque, donc une souffrance : vous désirez la nourriture que vous n'avez pas. L'appétit, à l'inverse, est une puissance : c'est la puissance de jouir de ce qu'on mange, dont on ne manque pas. Ce désir-là n'est pas manque mais puissance. C'est le désir non plus selon Platon, mais selon Spinoza : puissance de jouir et jouissance en puissance ! Il n'est pas difficile de voir de quel côté est le bonheur : pas du côté du manque, mais du côté de la puissance et de la joie – pas du côté de Platon, mais du côté de Spinoza.

– Reste la question de la souffrance et du malheur…

– On ne peut leur opposer que deux choses : l'acceptation et le combat. Les deux vont ensemble. Il faut accepter que le malheur soit là, le voir en face, pour se donner les moyens de le combattre ; et combattre le malheur est déjà un bonheur. En cela réside la différence entre l'expérience du malheur et celle de la dépression. Dans *Deuil et Mélancolie*, Freud montre que le mélancolique (au sens psychotique du terme), c'est celui qui a perdu « la capacité d'aimer », c'est-à-dire de se réjouir. Alors que celui qui est malheureux sans être dépressif n'a pas perdu pour autant la capacité d'aimer : aussi peut-il s'aimer lui-même, aimer ses proches, aimer le combat qu'il mène contre le malheur… Aimer vraiment la vie, ce n'est pas l'aimer seulement quand elle est heureuse, sous la condition du bonheur, mais c'est l'aimer dans sa totalité, bonheur ou malheur, plaisir et souffrance, tristesse et joie. Si, même dans nos moments de malheur, nous restons vivants, c'est qu'il y a encore quelque chose en nous qui résiste, qui insiste, quelque chose qui aime, donc quelque chose aussi que nous aimons. Si, à l'inverse, dépression et mélancolie tendent au suicide, c'est que cette capacité d'aimer la vie a disparu ou est trop faible, par exemple parce qu'elle a été trop blessée par le réel (notamment dans le deuil : quand on ne sait plus aimer que celui qui n'est plus), comme vaincue par la souffrance ou la tristesse : on n'a plus de goût pour la vie, la vie n'a donc plus de goût, sinon celui parfois, atroce, de l'angoisse ou de la douleur… Cela nous dit à peu près, par différence, ce qu'est la santé psychique : c'est un certain goût pour la vie, qui permet d'en jouir et de s'en réjouir – de l'aimer.

– *Le bonheur est donc tributaire de notre aptitude à aimer.*

– « Aimer, c'est se réjouir », disait Aristote ; et Spinoza : « L'amour est une joie qu'accompagne l'idée d'une cause extérieure». C'est notre expérience à tous. Il n'est joie que d'aimer ; il n'est amour que de joie (même dans un chagrin d'amour : ce qui nous torture, c'est la joie qui s'en va ou qui se refuse). Or la joie, réelle ou possible, est le contenu vrai, on l'a vu, du bonheur. C'est dire qu'il n'est de bonheur que d'aimer. À nouveau, c'est notre expérience à tous. Celui qui n'aimerait rien ni personne, celui qui ne s'aimerait même pas lui-même, comment serait-il heureux ? «Sans amis, disait Aristote, personne ne choisirait de vivre.» C'est une phrase, chez cet immense génie, que je trouve bouleversante (il faut rappeler que *philia,* qu'on traduit ordinairement par «amitié», vaut pour tout amour qui ne manque pas de son objet, y compris au sein du couple ou de la famille). Celui qui n'aime rien ni personne, comment pourrait-il supporter la vie ? Cette mélancolie, pour reprendre le mot de Freud, est une urgence médicale : le suicide menace… Comme le suicide reste l'exception, j'y vois une espèce de bonne nouvelle : l'amour, presque toujours, est le plus fort. Plus fort que la mort ? Tant que nous vivons, oui !

ACTE II

L'invention du paradis

Le paradis perdu

Pendant que les philosophes s'efforcent de trouver la sagesse ici-bas en fuyant les joies illusoires, la religion, elle, fait s'envoler l'idée du bonheur et l'installe résolument au ciel.

Le jardin d'Éden

– *Comment est née l'idée que le bonheur pouvait aller se nicher ailleurs, dans un au-delà baptisé « paradis » ?*

– **Jean Delumeau :** Le mot « paradis » est un vieux terme persan, *pari-daiza*, qui est par la suite devenu *paradeisos* en grec. Il renvoie à l'idée d'un jardin entouré de murailles le protégeant contre les vents brûlants du désert. Cette image du bonheur est venue tout naturellement sous la plume d'hommes qui vivaient dans des régions très sèches : ils ont imaginé le bonheur dans un endroit vert, avec abondance d'eau, de fleurs et de végétation – tel est donc le sens premier du mot « paradis ». Dans les premiers siècles du christianisme, le terme n'a pas encore le sens de bonheur éternel ; la seule mention du « paradis » dans les Évangiles est la parole de Jésus au « bon larron » : « Aujourd'hui même tu seras avec moi dans le paradis » (Luc 23,43). Elle annonce au « bon larron » qu'il sera, dès après sa mort, avec Jésus dans le lieu où les justes attendent la résurrection. Il s'agit du *shéol* de la tradition juive, mais qui aurait perdu ses connotations sombres : non pas l'enfer, mais une sorte d'antichambre d'un bonheur plus grand. L'art byzantin a aimé représenter ce lieu en même temps que la résurrection du Christ : c'est l'*anastasis*, où l'on voit Jésus sortant du tombeau et tendant la main à Adam et Ève, eux-mêmes suivis des justes de l'Ancien Testament. Il les conduit tous à la lumière définitive – la lumière de sa résurrection. La signification actuelle du terme « paradis » n'est venue que plus tard. Elle a glissé progressivement de « lieu d'attente » paisible (et non purgatoire) à « séjour éternel » près de Dieu.

– *Le paradis, selon le Christ, n'est donc pas un lieu mais un état…*

– Si l'on s'en tient aux Évangiles, le Christ n'a jamais décrit ce que nous appelons le « paradis ». Lorsqu'il entend désigner l'au-delà promis aux justes, il emploie l'expression de « royaume des cieux ». Et il n'a pas davantage décrit ce royaume. Il ne l'a même pas évoqué comme un lieu, mais bien plutôt comme une « situation », au sens presque sartrien du terme, qui signifie l'état dans lequel un homme se trouve impliqué et engagé.

– *Aurions-nous donc inventé le paradis ?*

– Nous ne l'avons pas « inventé » mais progressivement concrétisé. Dans la doctrine chrétienne la plus authentique et la plus permanente, le « royaume des cieux » évoque l'idée d'une proximité, voire d'une intimité avec le Créateur, et d'une humanité réconciliée autour de Dieu tandis que toutes les injustices et les tristesses de la terre auront disparu. Cet avenir éternel, comme le déclare saint Paul dans l'Épître aux Corinthiens (1 Cor 2,9), est «ce que l'œil n'a pas vu, ce que l'oreille n'a pas entendu, et ce qui n'est pas monté au cœur de l'homme, tout ce que Dieu a préparé pour ceux qui l'aiment». Cette parole de saint Paul a été constamment répétée au cours des siècles dans l'enseignement de l'Église et elle a toujours été comprise ainsi : il ne faut pas tenter d'imaginer ce que sera le bonheur dans l'au-delà.

Le bonheur éternel

– *Le bonheur du «royaume des cieux» n'est donc pas un bonheur localisable, descriptible ?*

– Lorsqu'il est pensé comme éternel, le bonheur est un acte de foi : il demande de croire en un Dieu qui réconciliera l'humanité avec elle-même autour de sa personne et dans son amour. Un tel bonheur est de l'ordre du mystère : on ne le décrit pas, on l'espère. Il est au-delà de toute imagination ou localisation, le décrire serait déjà le perdre. Luther a insisté sur ce point dans ses *Propos de table* : «De même que les enfants dans le corps de leur mère savent peu sur leur naissance, nous savons peu de la vie éternelle.»

– *Le croyant espère ainsi un bonheur dont il ne peut et même ne doit rien dire…*

– De ce bonheur, on ne peut rien dire de vraiment concret ou définitif, précisément parce qu'il s'agit d'une espérance difficilement descriptible. Le caté-chisme, rédigé à la suite du concile de Trente (1545-1563), conseille de ne pas chercher à percer le mystère du royaume des cieux. Il déclare : « Cette félicité [du paradis] est si grande que personne […] ne saurait s'en faire une juste idée […]. Aujourd'hui il est impossible que nous comprenions la grandeur de ces biens ; ils ne peuvent se manifester à notre esprit. Il faut que nous soyons entrés dans la joie du Seigneur. » C'est unique-ment lorsque nous serons dans cet au-delà que nous saurons quel bonheur lui est associé. Il s'agit là d'une espérance fondée sur un acte de foi. Le croyant a foi, c'est-à-dire « confiance », en une promesse qui lui est faite par Jésus : la promesse du royaume des cieux. Pour ce qui concerne les détails de la vie dans l'au-delà, il doit faire confiance à Dieu : telle est la plus authentique conviction chrétienne sur la question.

– *Si ce bonheur est indescriptible, comment en est-on venu à le situer dans un lieu ? Comment s'est effectuée cette association entre bonheur et paradis ?*

– L'homme a besoin d'images. C'est pourquoi il a cherché à concrétiser ses aspirations au bonheur et à se donner une représentation du bonheur éternel. Je rap-pelle que le premier sens du mot « paradis » vient de la Genèse où il désignait exclusivement un jardin mer-veilleux et terrestre, et c'est bien ainsi que l'entendent saint Augustin et saint Thomas d'Aquin, dans la *Somme théologique*. Or ce jardin était évoqué comme un lieu perdu, et nous avons ainsi longtemps vécu dans la nos-talgie de ce paradis perdu. Dans l'état actuel des connaissances, le premier texte chrétien où le bonheur dans l'au-delà est évoqué comme une éternité dans un jardin de délices remonte au IIIe siècle. Il a été élaboré dans l'entourage de saint Cyprien. Le «lieu du Christ, lieu de grâce» y est décrit comme «une terre luxuriante dont les champs verdoyants se couvrent de plantes nourricières et gardent intactes des fleurs parfumées». La magnifique mosaïque de saint Apollinaire *in classe*, à Ravenne, datant du VIe siècle de notre ère, témoigne également d'une telle conception : on y voit, au-dessous d'une Croix symbolisant la Transfiguration, une vaste prairie verdoyante, plantée d'arbres majestueux, avec de hautes herbes, des fleurs, des oiseaux blancs et des moutons. Il s'agit de la plus grande prairie paradisiaque de l'art chrétien, qui représente bien évidemment l'au-delà, avec des brebis y symbolisant les élus.

– *N'a-t-on fait que transposer dans l'au-delà les beautés d'ici-bas ?*

– C'est effectivement le constat que l'on peut faire, mais je pense que les artistes n'étaient pas dupes de leurs images et qu'ils voyaient dans cette transfiguration de la nature la plus belle façon de représenter un bonheur qu'aucun mot ne peut décrire. Il s'agissait de donner à voir ce qui n'est visible qu'aux yeux de la foi. Cette figuration était en soi un acte de foi.

La Jérusalem céleste

– *Après sa représentation sous forme de jardin, on a associé le paradis à une cité idéale, la Jérusalem céleste.*

– Ce fut en effet une autre façon d'imaginer le paradis. Cette représentation de la Jérusalem céleste remonte, en deçà de saint Augustin, à Ézéchiel et surtout à l'Apocalypse. C'est la cité «définitive». L'auteur de l'Apocalypse écrit au chapitre 21 : «La cité sainte, la Jérusalem nouvelle, je la vis qui descendait du ciel d'auprès de Dieu, comme une épouse parée pour son époux […]. Elle brillait de la gloire même de Dieu. Son éclat rappelait une pierre précieuse, comme une pierre d'un jaspe cristallin. Elle avait d'épais et hauts remparts […]. Les matériaux de ses remparts étaient de jaspe. Les assises des remparts de la cité s'ornaient de pierres précieuses de toute sorte.» Assurance est donnée aux fidèles que, dans cette Jérusalem nouvelle, «la mort ne sera plus. Il n'y aura plus ni deuil, ni cri, ni souffrance». La focalisation sur les aspects dramatiques du livre est telle qu'on oublie souvent sa signification authentique. Il ne s'agit pas de nier le torrent d'images terrifiantes que contient l'Apocalypse, mais de voir que l'essentiel de cette prophétie est un message d'espérance qui était destiné aux victimes de la persécution de Domitien, à la fin du Iᵉʳ siècle. L'espérance qu'évoque et promet l'Apocalypse est celle d'un monde réconcilié et heureux. Le livre s'achève donc sur l'image d'un bonheur définitif dans une ville comportant en son centre la figure christique de l'Agneau. Dès les premiers temps du christianisme, l'espérance d'un tel bonheur a été très forte. Que l'on ait représenté ce bonheur sous la forme d'un jardin ou sous celle d'une cité céleste, cela reste secondaire par rapport au contenu, qui était et qui est celui d'une espérance fondamentale. C'est en ce sens qu'il faut interpréter l'Épître aux Hébreux (He 9,11) qui qualifie le Christ de «grand prêtre du bonheur qui vient ». Jésus est le passeur par qui l'on accédera au bonheur de l'au-delà. C'est lui qui en ouvre les portes.

– *Jésus ouvre les portes du bonheur définitif parce qu'il vainc l'ennemi héréditaire de l'homme qu'est la mort...*

– Oui. Le Christ conduit au bonheur parce qu'il est victorieux du mal et de la mort. Il convient ici de souligner une originalité du christianisme par rapport au judaïsme. Bien que né du judaïsme, le christianisme a affirmé « la résurrection de la chair » qui n'était qu'à l'état d'ébauche dans le judaïsme ancien, où la croyance en la vie éternelle a été tardive. Les historiens la datent en général du début du IIe siècle avant Jésus-Christ.

Le paradis réformé

Du jardin originel, le paradis évolue au fil des siècles : le voilà maintenant devenu un ciel peuplé d'anges, puis une cour céleste… Mais lui aussi va être réformé.

La cour céleste

– *L'image qui nous vient spontanément pour évoquer le paradis, ce lieu du bonheur éternel, c'est plus un ciel peuplé d'anges qu'une Jérusalem éternelle…*

– Au cours des âges, les artistes ont enrichi l'univers paradisiaque, d'abord en brodant autour des deux thèmes de la Jérusalem céleste et du jardin des délices, mais ensuite en insistant de plus en plus sur la figure de Marie, reine des cieux. La piété mariale a permis d'étoffer considérablement l'iconographie paradisiaque, notamment à partir du thème de l'Assomption, qui est le transport par les anges du corps de la Vierge au paradis. La représentation du bonheur éternel fut ainsi liée à celle de Marie, à la fois vierge et mère, adoucie et embellie à l'image de la femme parfaite. Certes, un nombre important d'évocations paradisiaques furent limitées à la scène du Jugement dernier, selon une organisation codifiée : d'un côté, les élus qui, bien sagement, montaient vers le paradis ; de l'autre, les démons, qui se livraient à une farandole infernale et pittoresque autour des damnés. Mais il faut dépasser cette métaphore réductrice car le jardin paradisiaque apparaît comme un lieu de sérénité et de beauté ; et, dans la Jérusalem céleste, on ne trouve pas de représentation du malheur et de la damnation. En outre, la piété mariale a modifié l'atmosphère du paradis. Enfin la monarchie naissante, avec ses rites et sa cour, a induit d'autres représentations : celles de la cour céleste. Marie, parée de vêtements somptueux, apparaît de plus en plus souvent au milieu de la cour céleste, constituée par les anges et les saints.

— *La Vierge devient alors la reine du ciel, l'impératrice du bonheur éternel.*

— Oui. Cela est particulièrement vrai de la peinture du XVe siècle : tout ce qui se fait de plus beau chez les couturiers de l'Occident est mis sur les épaules des habitants de la cour céleste et tout particulièrement de Marie. À cette explosion de couleurs et de soieries s'ajoute alors un élément nouveau, lié au progrès de notre civilisation : la présence des anges chanteurs et musiciens.

La musique des anges

— *Au calme du jardin d'Éden succède ainsi la musique des anges…*

– On assiste, en effet, à une véritable invasion de la musique dans les évocations paradisiaques. À tel point qu'à l'époque de la Renaissance, il ne peut y avoir de paradis sans musique. Le XVe siècle et la première moitié du XVIe siècle signent l'âge d'or des représentations paradisiaques comportant des anges musiciens. J'aimerais donner à titre d'exemple un tableau flamand, de la fin du XVe siècle ou du début du XVIe siècle, qui se trouve au musée des Beaux-Arts de Bilbao, et qui représente Marie, en reine des cieux, tenant son enfant sur ses genoux et entourée d'un orchestre angélique. L'ensemble est peint dans le registre tout à fait inhabituel du mauve et du pastel. De même, à la cathédrale de Sens, dans la partie droite du transept se trouve un vitrail de la première moitié du XVIe siècle, où l'on compte une soixantaine d'anges musiciens : un véritable orchestre symphonique. On peut aussi mentionner l'église de Saronno, en Lombardie, où un élève de Léonard de Vinci, Gandenzio Ferrari, a représenté sur la coupole quelque deux cent quarante chanteurs et musiciens. Paradis et musique étaient devenus inséparables.

– *D'où une nouvelle conception : le bonheur au paradis, c'est être avec Jésus-Christ, auprès de Marie, en sa cour, et écouter de la musique ravissante.*

– Au milieu du XVIe siècle, on était parvenu à une situation limite. En transposant au paradis ce qui est le plus beau sur terre, ne risquait-on pas que celui-ci devienne trop « terrestre » ? Or le bonheur promis dans l'au-delà doit être objet non pas tant de représentation que de foi : le catéchisme du concile de Trente l'affirma, et le protestantisme, de son côté, opposa la sobriété de la foi à l'exubérance des représentations quasi théâtrales du paradis. Intervenant dans ce contexte, l'art baroque changea le regard *sur* le paradis en un regard *vers* le paradis en utilisant toutes les ressources de la perspective, du raccourci et du trompe-l'œil.

Toujours plus haut, toujours plus beau

– Peut-on dire que la représentation du paradis était trop belle pour durer et qu'elle ne pouvait que décliner ?

– En tout cas, une nouvelle période dans l'histoire des représentations paradisiaques commence avec la naissance de l'art baroque et, plus précisément, avec la fresque du Corrège, peinte en 1535, sur la voûte de la cathédrale de Parme et qui évoque l'Assomption de la Vierge. Ce transport de Marie au ciel devient un thème privilégié de l'iconographie catholique qui va désormais représenter moins le paradis que l'ascension vers le sommet des cieux : les anges et les saints sont aspirés vers un cercle de lumière et de bonheur. La multiplication des coupoles et des voûtes, et la maîtrise de la perspective, des trompe-l'œil et des raccourcis permettent maintenant ces figurations vertigineuses de l'envol. Presque tous les paradis baroques, depuis la seconde moitié du XVIe siècle jusqu'à la fin du XVIIIe siècle, sont caractérisés par ces envolées vers la lumière. La contrepartie en fut une représentation moins concrète et plus éthérée du paradis : on renonça aux images peut-être trop terrestres de la période médiévale et du début de la Renaissance pour suggérer un au-delà plus désiré que décrit. Toutefois, l'art baroque, notamment dans le Mexique des XVIIe et XVIIIe siècles et dans les pays germaniques au moment de l'apogée du rococo, a tenté de transformer le bâtiment même de l'église en lieu paradisiaque : d'où, à l'intérieur de celle-ci, l'accumulation des ors, des matériaux rares, des couleurs... et de l'encens. L'église devient une sorte de théâtre donnant à voir la lumière de la Jérusalem céleste.

– *Le paradis de l'âge baroque est-il autre chose qu'un « grand spectacle », avec beaucoup d'anges en mouvement ?*

– Sans doute. Mais il traduit surtout une immense aspiration à un bonheur qui reste mystérieux, voire abstrait.

Le paradis est en nous

– *Mais la période dite « baroque », qui fut celle de la Réforme catholique, a aussi privilégié la mystique et l'intériorisation. D'où la question : le paradis n'est-il pas davantage dans le cœur de l'homme que dans un ciel lointain ?*

– Pour répondre à cette question, il faut faire un détour par le protestantisme. La Réforme a été hostile aux images. Sans être iconoclaste, Luther se défiait des représentations paradisiaques – tout en restant ouvert à la musique. Le luthéranisme a donc favorisé une intériorisation du paradis et renoué avec une tradition mystique ancienne, dont on trouve aussi un écho à l'époque contemporaine, dans les écrits de Thérèse de Lisieux : Luther et la sainte de Lisieux ont parlé le même langage, celui de l'intériorité. Le paradis, pour eux, est d'abord à l'intérieur de soi, même si l'on peut passer sa vie à le chercher sans le trouver. Intériorisé, il est forcément indicible et irreprésentable. Mais la conviction qu'il y a un bonheur possible, enfoui en chaque cœur humain, est une constante du christianisme et il la partage avec d'autres religions.

— Est-ce contradictoire avec l'idée d'un au-delà, d'un « lieu » où l'on serait heureux ?

— Un historien n'est pas futurologue, mais, me semble-t-il, tant qu'il y aura espérance en un paradis, il y aura aussi possibilité et même probabilité d'une expérience mystique, qui découvre en soi-même la présence et la promesse de ce paradis. La dernière mystique qui nous reste, à nous modernes, est justement cette espérance en un paradis intérieur et en un bonheur à découvrir en soi. Il n'y a donc pas lieu de voir une opposition entre l'appel vers la lumière paradisiaque puissamment exprimé par l'art baroque et l'humble recherche d'une présence divine à l'intérieur de chacun d'entre nous. Les envolées et les ors de l'iconographie baroque font maintenant partie de l'Histoire. Mais la quête de Dieu dans le silence de l'âme transcende les siècles et les civilisations. Elle est sans doute pour quelque chose dans ce qu'on appelle aujourd'hui le « retour du religieux ».

Le Ciel n'est plus ce qu'il était

— La science a-t-elle modifié nos représentations d'un au-delà du bonheur ?

– Avant la révolution scientifique, le paradis était
«localisé», comme il l'est encore dans l'Islam. Il pre-
nait place au sein de la cosmographie héritée d'Aristote
et de Ptolémée, qui concevait l'univers comme clos,
limité et partagé entre un monde situé au-dessus de la
Lune, qui était incorruptible, et un monde au-dessous de
la Lune, soumis au temps, au changement, à la naissance et à la mort. Copernic d'abord et, surtout, ensuite
Galilée, Kepler et Newton renversent radicalement cette
représentation du monde. L'univers devient indéfini,
sinon infini, et il est désormais impossible de localiser
l'«empyrée», c'est-à-dire la sphère qui était censée être
«la demeure de Dieu, des anges et des élus» – selon la
formule consacrée. Or, sur les représentations cosmo-
graphiques jusqu'au XVIIᵉ siècle, l'empyrée enveloppait
tout l'univers. Ainsi un planisphère portugais de la fin
du XVIᵉ, dédié à notre roi Charles IX, représente la terre
avec un réel souci d'exactitude, en tenant compte des
découvertes récentes. Mais, au-delà de la terre, c'est
encore la cosmographie héritée d'Aristote qui prévaut,
avec au sommet du planisphère l'inscription suivante,
en lettres d'or sur fond rouge : «Empyrée, demeure de
Dieu, des anges et des élus», telle est, à l'époque, la
représentation collective dominante. Mais la révolution
scientifique pulvérise cette localisation du paradis. Dieu
se trouve désormais sans demeure assignable.

– *Après la révolution scientifique, n'est-ce pas la
révolution des mentalités qui a bouleversé la représentation du paradis ?*

– La seconde révolution est, en effet, celle des sentiments, que l'on peut dater, en France du moins, de la
publication de *La Nouvelle Héloïse* de Rousseau. Dans

cet ouvrage, un pasteur protestant demande à Julie, qui est à l'article de la mort, de se détacher des biens de ce monde, du visage des êtres aimés, car dans l'au-delà il n'y a plus ni mari ni épouse. Julie lui rétorque, au contraire, qu'elle espère pouvoir aimer dans l'au-delà celui qu'elle n'a pas eu le droit d'aimer sur terre. *La Nouvelle Héloïse* de Rousseau correspond à un changement des mentalités qui touchait non seulement la France mais l'Europe : le bonheur définitif fut dès lors de plus en plus identifié à l'idée de retrouver ceux que l'on a aimés et qui nous ont aimés. Le paradis devint ainsi le lieu des retrouvailles avec les êtres chers et il le reste aujourd'hui. Cependant, ce thème des retrouvailles n'est pas nouveau dans le christianisme et il n'a pas attendu la révolution des sentiments et l'époque moderne pour être mis en avant. Un jésuite du XIXᵉ siècle, F. R. Blot, reprenant lui-même un ouvrage dominicain antérieur, s'efforça de recenser tous les textes chrétiens anciens où était développé le thème de la retrouvaille des êtres chers au paradis. Le titre de son livre est significatif : *Au ciel, on se reconnaît*, 1863. En fait, l'aspiration à retrouver dans l'au-delà les êtres chers a traversé toute l'histoire chrétienne.

Le paradis retrouvé

À l'époque moderne, le paradis devient l'idée d'un ailleurs plus abstrait, où l'on retrouverait ceux que l'on a aimés – ce qui réconcilie ceux qui croient et ceux qui ne croient pas.

Le club des élus

– *On pourrait croire que cette croyance en des retrouvailles avec ceux que l'on a aimés n'est pas propre au christianisme et qu'elle a été « inventée », ou tout du moins valorisée, dans nos seules sociétés contemporaines...*

– Il n'en est rien : ce que l'on croit être neuf dans le christianisme, c'est-à-dire l'idée que ceux que nous avons aimés nous voient et que nous les reverrons, remonte en réalité aux premiers siècles de l'Église, et plus précisément à saint Cyprien, qui exprima le désir et la certitude de retrouver les siens dans l'au-delà : « Pourquoi ne pas nous hâter et courir pour voir notre patrie et saluer nos ancêtres ? Là nous attendent en grand nombre ceux qui nous furent chers. Nous sommes désirés par une foule considérable de parents, de frères et d'enfants. Installés dans la sécurité, ils sont désormais attentifs à notre salut. Aller les voir et les embrasser, quelle joie pour eux et pour nous.» Citons également Tertullien, qui déclare : «Dieu ne séparera pas plus ceux qu'il a unis qu'il ne permet cette séparation dans cette vie inférieure.» Saint Ambroise écrit à la suite de la mort de son frère : «Mon frère, quelle consolation me reste-t-il si ce n'est l'espoir de te rejoindre bientôt ? Que la séparation mise entre nous par ton départ ne soit pas de longue durée et que, par tes prières, tu obtiennes d'attirer plus promptement à toi, celui qui te regrette vivement.» La foi en des retrouvailles se retrouve encore dans cette prière du même saint Ambroise : «Seigneur, ne me sépare pas après la mort de ceux qui me furent chers.» Je pourrais multiplier de telles citations, mais retenons encore celle-ci de saint Bernard de Clairvaux, qui s'adresse à son frère défunt : «En te revêtant de Dieu, tu ne t'es pas dépouillé de ta sollicitude pour nous, puisque lui-même a soin de nous. Tu as rejeté ce qui était faiblesse, mais pas ce qui est pitié ou compassion. Enfin puisque la charité ne meurt jamais, tu ne m'oublieras jamais.» Un dernier exemple est fourni par Thérèse d'Avila qui, ayant été transportée par une extase au paradis, déclare : «Les premières personnes que je vis furent mon père et ma mère.» Le bonheur, c'est donc de retrouver ceux que l'on aime dans l'au-delà – et pour l'éternité.

— *Même dans nos sociétés que l'on dit déchristianisées, ce qui conduirait les foules à faire mémoire de leurs morts à l'occasion de la Toussaint serait donc cette aspiration à des retrouvailles dans l'au-delà?*

— Une telle aspiration perdure indiscutablement. Pour les incroyants qui vont fleurir les tombes de leurs disparus, il s'agit sans doute d'un irréel du futur, mais il reste que ce sont ces retrouvailles qu'ils désirent – sans y croire. C'est à cette fin et pour voir cette aspiration se réaliser qu'ils inventeraient Dieu, si cela leur était possible. En revanche, pour les chrétiens, ces retrouvailles font référence au dogme de la «communion des saints». Le retable de *L'Agneau mystique* des frères Van Eyck à Gand, achevé en 1432, représente précisément la communion des saints : le Jugement dernier étant terminé, les élus, venant des quatre points cardinaux, se rassemblent sous une lumière merveilleuse au sein d'une vaste prairie paradisiaque, limitée par les bâtiments et les murailles de la Jérusalem céleste. Nous trouvons là l'imbrication des deux thèmes paradisiaques majeurs : celui du jardin d'Éden devenu éternel et celui de la cité céleste. Cette assemblée des élus signe la fin des temps et fait déjà voir ce que sera l'Après, une fois toutes choses accomplies et les temps consommés. Cette communion des saints est une sorte de «club» des bienheureux – ceux qui, au ciel, ont trouvé le bonheur définitif.

Toute une éternité d'amour

– *Le bonheur serait donc une éternité d'amour…*

– Une éternité d'amour, avec notamment, je le répète, le souhait de retrouver ceux que nous avons aimés sur terre. Dans cet amour aussi infini qu'éternel, nous aimerons à la fois Dieu, nos proches et toute l'humanité. Près des êtres chers retrouvés, nous aimerons aussi tous les autres, connus ou inconnus. Dans l'au-delà paradisiaque chrétien, il n'existera plus que l'amour – de Dieu aux hommes, des hommes à Dieu et des hommes entre eux. Présenter le paradis comme une situation de retrouvailles apparaît, entre autres, comme un message d'espérance. J'ajoute que, si l'on ne croit pas au ciel, la méditation devant l'urne ou devant la tombe est une façon de dialoguer à nouveau avec ses proches et de les retrouver au moins par la pensée et le souvenir. Si l'on est croyant, on vit dans l'espérance que ces retrouvailles, dans le silence et dans le souvenir, deviendront réalité dans l'au-delà. D'une certaine façon, cette aspiration à retrouver les êtres chers, irréel du futur pour les uns, réalité du futur pour les autres, rapproche tout de même croyants et non-croyants. Car celui qui croit au ciel et celui qui n'y croit pas se rassemblent autour des tombes pour sortir les morts de leur silence et se sortir eux-mêmes d'un présent où ceux que l'on a aimés ne sont plus. Il s'agit peut-être là d'une religion «populaire». Mais le christianisme n'est pas une religion d'élite : il propose à tous cette espérance des retrouvailles et même, plus particulièrement, à ceux qui auront été les plus déshérités et qui auront connu le moins de bonheur sur terre.

– *Ce bonheur définitif n'est-il pas celui d'un paradis que l'on aurait perdu, qui se trouverait irrémédiablement derrière nous ?*

– Le paradis n'est pas, selon moi, un paradis perdu. Le bonheur n'est à conjuguer ni au passé ni comme un irréel du futur. Notre destinée est d'aboutir à un état éternel de paix et de bonheur, et cet état, pour les croyants, ne peut se vivre qu'auprès de Dieu, en son paradis. Malgré les souffrances et les peines de la terre,

Dieu appelle l'humanité à la paix et au bonheur. À mes yeux, il n'existe pas un «péché originel» qui nous aurait irrémédiablement séparés du bonheur. En outre, la conception traditionnelle du «péché originel» a tellement été assortie de menaces et de terreurs qu'elle a eu pour effet de décourager, voire de désespérer. Dans la seconde moitié du XVIIIe siècle, saint Alphonse de Liguori fonde, à Naples, l'ordre du Christ Rédempteur, pour travailler à la christianisation et à l'évangélisation des régions reculées de l'Italie du Sud. Constatant que les prédications fondées sur la terreur du Jugement dernier et de l'enfer ont un effet négatif, il en appelle à une pastorale plus clémente. Progressivement, les adoucissements qu'il préconise pénètrent la pratique et la pastorale catholiques, notamment au cours des XIXe et XXe siècles. À la suite du théologien suisse Ray-Mermet, rédemptoriste et auteur de l'ouvrage *Croire* (t. 1, 1981), je propose de voir dans le texte de la Genèse une prophétie écrite au passé : «Non, l'humanité n'est pas née dans un paradis terrestre. Ce ciel de félicité et de divine amitié décrit par Genèse 3, c'est la maquette de la création ; il n'est pas passé, il est à venir. Il n'est pas derrière, il est devant nous. C'est le dessein de Dieu pour la fin des temps. Il est placé en tête de la Bible, parce qu'on commence toujours par établir la maquette.»

– Adam ne serait donc pas l'homme merveilleux que nous avons été, mais celui que nous sommes amenés à devenir ?

– L'histoire de l'humanité reste encore largement à écrire. Au commencement, il a fallu sortir de l'animalité. Au bout de la route, il y aura l'homme divinisé. La promesse de bonheur n'est pas fondée sur une nostalgie du passé, mais elle indique un cheminement, au milieu duquel se trouvent la venue de Jésus et sa résurrection. Mort et résurrection du Christ nous font comprendre que nous sommes, nous aussi, appelés à cette divinisation future. Certes, nous faisons tous les jours l'expérience du « péché », à travers nos penchants mauvais, nos manquements et nos impuissances à accomplir ce qui est bien. Mais tous nos actes ne sont pas nécessairement mauvais, comme si nous étions soumis à la fatalité du mal, depuis le « péché originel ». Le philosophe Paul Ricœur a récemment dénoncé, dans la pédagogie chrétienne traditionnelle, un resserrement et une focalisation excessive sur le mal, de sorte que nous devenions aveugles au bien qui se fait autour de nous, et aussi par nous. Cette fixation philosophique et médiatique sur le mal, omniprésente aujourd'hui, revient à priver l'humanité d'une partie de son histoire et de son patrimoine. Ne craignons pas de voir dans une telle focalisation sur le mal une forme d'anti-humanisme.

Tous au paradis ?

– *Ce bonheur que promet le paradis n'est cependant pas un bonheur pour tous : il y aura, comme le disent les Évangiles, beaucoup d'appelés mais très peu d'élus…*

– Les spécialistes de l'hébreu et de l'araméen s'accordent pour affirmer que la formule « beaucoup d'appelés et peu d'élus » n'a pas le sens dramatique qu'on lui a autrefois conféré. Elle appartient à la littérature proverbiale : on trouve, en effet, de nombreux proverbes dans les Évangiles, issus de traditions orales et traditionnelles. L'affirmation «beaucoup d'appelés et peu d'élus» n'est donc pas une thèse théologique. De plus, l'hébreu et l'araméen ne connaissant pas le comparatif, la traduction est contrainte de recourir à des périphrases et le sens le plus approché serait le suivant: «Ce n'est pas parce que vous avez été appelés que vous serez nécessairement élus.» Ce sens est bien différent de celui qui consiste à affirmer que seuls quelques-uns auront le privilège de voir Dieu et, donc, de vivre un bonheur éternel. Toutefois, je prends très au sérieux la prophétie du Jugement dernier qui n'est ni parabole ni proverbe mais contient un sens théologique précis: à savoir que Dieu nous jugera sur nos comportements à l'égard du prochain.

– *Un jugement après la résurrection?*

– Cette dernière était sujet à débats dans le monde judaïque: les Sadducéens la niaient tandis que les Pharisiens l'affirmaient. Le christianisme, pour sa part, a revendiqué catégoriquement la résurrection de tous, le bonheur prenant ensuite la forme d'une victoire sur la mort et sur le mal. Jésus lui-même et les premières communautés chrétiennes étaient persuadés de la fin imminente du monde: «cette génération, selon le Christ, ne passera pas» avant qu'advienne le règne de Dieu. Il existait ainsi à la fois une peur et une espérance de la fin des temps ou, plus précisément, la conviction que le temps pressait: «Convertissez-vous, le moment est venu»; «Vous ne saurez ni l'heure ni le jour» – mais ce jour est proche. L'accent portait moins alors sur la course au bonheur que sur la proximité du temps du Jugement, qui allait partager définitivement les hommes en deux catégories.

– Ce Jugement, selon saint Augustin, ne consiste-t-il pas à refuser le paradis à la majorité des hommes ?

– Il a existé effectivement une tension entre une espérance large et une espérance étroite. La première se réclamait des déclarations de Jésus lors du repas du Jeudi saint : « Voilà le sang qui sera répandu pour la multitude », et à sa suite saint Paul affirma que Dieu veut que « tout le monde soit sauvé ». En revanche, saint Augustin employa la formule « masse de perdition » pour désigner ceux qui ne seront pas sauvés : il y incluait les païens de l'Antiquité mais aussi les enfants morts sans baptême et les chrétiens qui n'auront pas reçu la grâce suffisante pour accéder au salut. Il y a quelques années, lors d'une session de prêtres dans les Côtes-d'Armor, à laquelle j'avais été invité à intervenir comme historien, un prêtre me confia que sa mère, qui était une bonne maman, n'avait pas osé embrasser son petit frère nouveau-né tant que celui-ci n'avait pas été baptisé. Cette anecdote renvoie aux années 1960. Elle suppose la conviction, alors largement partagée, que l'enfant qui naissait était sous la coupe du démon. C'est la raison pour laquelle le baptême des enfants comportait traditionnellement un exorcisme. De même, la pratique des « sanctuaires à répit », nombreux dans l'est de la France, de l'Alsace aux Alpes, découlait directement de la même doctrine de la « masse de perdition » : les parents, dont l'enfant était mort-né, le portaient dans un « sanctuaire à répit », le plus souvent consacré à la Vierge, et le déposaient sur l'autel. L'assemblée priait, allumait des cierges ; et, lorsqu'on croyait voir l'enfant se ranimer, se colorer un peu, respirer légèrement, avoir même une goutte de lait sur les lèvres, alors on sonnait les cloches et on se hâtait de le baptiser : il était sauvé ! Car, selon la doctrine de saint Augustin, un enfant mort sans baptême était condamné à vivre son éternité éloigné de Dieu. Ces deux pratiques témoignent de l'intériorisation par d'humbles fidèles de la doctrine de la «masse de perdition». Jadis, la plupart des théologiens enseignèrent la doctrine du petit nombre des élus – ce que nous avons du mal à réaliser aujourd'hui. Aussi, tout en étant hostile aux philosophes, le grand apologiste catholique que fut l'abbé Bergier, contemporain de Voltaire, ne craignit pas d'affirmer qu'on ne pouvait pas raisonnablement combattre ces philosophes en continuant à soutenir la doctrine «massacrante» de saint Augustin. Il commença alors la rédaction d'un *Traité de la Rédemption*, qui aurait été une révision de la thèse augustinienne. Mais, devant les critiques qu'on lui en fit, il détruisit son manuscrit.

– *La promesse d'un bonheur éternel implique cependant d'en passer au préalable par un jugement.*

– Je pense, en effet, que nous aurons des comptes à rendre et des responsabilités à assumer. Écrire, par exemple, c'est agir et c'est donc être passible de jugement. Mais, pour le chrétien, une question importante est de savoir s'il existe un lieu ou plutôt une situation où les hommes seraient soumis à des souffrances éternelles.

L'enfer pour les autres

– *En effet, si le paradis est un état de bonheur complet et définitif, l'enfer n'est-il pas, à l'opposé, le lieu d'un malheur éternel ?*

– Pour moi, l'enfer est la mort éternelle, et il s'agit bien là d'une punition. Mais je plaide pour un enfer minimal. S'il existe des personnes qui, en raison de leurs comportements passés, se verront refuser l'accès au bonheur éternel, alors je suppose qu'au moment du Jugement elles seront témoins du bonheur des élus auquel elles n'auront pas droit. Après quoi, elles seront réduites au néant. Poser, pour ces personnes, l'existence d'un lieu de souffrances éternelles signifierait que Dieu n'aurait finalement pas été vainqueur du mal. La souffrance des damnés sera précisément de ne pas accéder au bonheur de vivre avec Dieu. Cette souffrance engendrera leur mort mais non pas une torture éternelle. Lorsque Jésus parle d'un feu « qui ne s'éteint pas », il a recours à une image pour faire comprendre qu'il y aura effectivement une sanction éternelle à la suite de la reddition des comptes.

– *La peur de l'enfer ne s'est-elle pas effacée en même temps que l'espérance d'un paradis ?*

– Certainement. En outre, le XXᵉ siècle a connu l'enfer sur cette terre. Avec la Shoah, la bombe atomique, le massacre des Arméniens et le génocide décidé par Pol Pot, le pire est advenu. Les hommes ont compris à la fois qu'ils ne verraient pas le paradis sur terre et que l'enfer peut exister ici-bas. De sorte que les sermons traditionnels de Carême qui décrivaient l'enfer avec une précision terrifiante sont de nos jours devenus obsolètes.

De mauvais vivants

– La philosophie contemporaine, notamment depuis Nietzsche, a montré que le christianisme se nourrissait d'une sorte de haine de la vie, d'un mépris du monde : imaginer un bonheur dans l'au-delà, n'est-ce pas une façon indirecte de mépriser la vie ici-bas ?

– Longtemps, en effet, il n'y eut aucune apologie chrétienne du bonheur sur terre. Ainsi – un exemple entre mille –, Hébert, curé de Versailles au début du XVIIIe siècle, déclarait aux parents, dans un prêche : « Si vous avez des filles, conservez la pureté de leur corps et ne vous montrez pas à elles avec un visage gai. […] Pourquoi pensez-vous mes frères que Dieu recommande aux pères de ne point paraître aussi gais devant leurs filles ? C'est afin de leur apprendre combien ils doivent leur inspirer un air grave, modeste et sérieux qui est le principal de tous les ornements et qui doit les faire incomparablement plus estimer que leur beauté, les richesses, la naissance et les autres avantages de la fortune. » Le rire a pu même parfois être considéré comme un péché, selon la conviction, affirmée par saint Jean de Chrysostome et Bossuet, que « Jésus n'a jamais ri ». Saint Bernardin de Sienne, reprenant une formule de saint Jérôme, affirmait : « Rire et se réjouir avec le siècle n'est pas d'un homme sensé mais d'un frénétique. »

– Ce n'est pas vraiment une incitation à la joie, ni au bonheur…

– En focalisant l'attention sur de telles formules, on peut comprendre la critique nietzschéenne selon laquelle le christianisme est haine de la vie et oppose la foi au bonheur. Et il est vrai que la littérature monastique a formulé la théorie du mépris du monde, appelée *contemptus mundi* : la vie est pécheresse, car elle est marquée par le péché originel. L'essentiel est, par conséquent, de se préparer à la vraie vie, celle de l'au-delà, par des mortifications, l'ascèse et le dédain des choses de la terre. Il est vrai encore que la doctrine du *contemptus mundi*, inventée par et pour les moines, a ensuite été proposée à une civilisation tout entière. L'apogée quantitatif des textes sur le *contemptus mundi* se situe non pas au Moyen Âge, mais au XVIIᵉ siècle, qui insista sur l'idéal du retrait du monde. Les solitaires jansénistes de Port-Royal appliquèrent ainsi cette doctrine à la vie quotidienne. Ce qui constituait l'idéal de quelques moines et de quelques ascètes fut donc parfois présenté comme modèle pour tous. Même les sermons destinés au grand public eurent assez fréquemment pour thème cet idéal de mépris du monde.

– *Le christianisme prône pourtant la compassion et l'élan vers les autres, ce qui semble contradictoire.*

– Absolument. Parallèlement à la doctrine du *contemptus mundi*, le christianisme a constamment exalté les œuvres de miséricorde, c'est-à-dire le dévouement au prochain, notamment aux malades, aux souffrants et aux plus pauvres. L'idéal chrétien a toujours été de soulager la peine des autres pour leur apporter un peu de bonheur ici-bas. Les exemples de saint Martin et de saint François d'Assise sont là pour montrer qu'il y a toujours eu un souci chrétien d'alléger les souffrances et de vaincre la désespérance, la maladie et la pauvreté. La charité chrétienne, tout au long des siècles et malgré le discours sur le mépris du monde, n'a cessé de prendre soin de ceux qui étaient affligés et de faire un devoir aux croyants de panser les plaies et les peines. Jésus a, en son temps, laissé la réputation d'un « guérisseur », qui soulageait inlassablement les peines et les maladies et qui ressuscitait d'entre les morts.

— *Les chrétiens sont cependant considérés comme de mauvais vivants…*

— À partir de la fin du XIXᵉ siècle, le christianisme s'est effectivement aperçu que son discours moral traditionnel était trop austère et qu'il avait négligé une dimension de l'être humain, celle du besoin de plaisir et de bonheur. Ce constat a conduit à une relecture des textes évangéliques et l'on a redécouvert que Jésus n'avait jamais vécu comme un ascète, qu'il avait rempli de vin les outres de Cana et qu'il ne refusait pas les invitations à déjeuner, au point même que les Pharisiens le lui reprochaient. Ce « goût de la vie » avait été oblitéré dans le discours chrétien traditionnel. Mais, en réaction aux critiques de type nietzschéen, il est maintenant mis en valeur. C'est comme si le christianisme redécouvrait la dimension du corps, et partant, du bonheur terrestre, sans toutefois négliger la destinée éternelle de l'être humain. Les critiques adressées au christianisme ont tendance à le « figer » dans le temps, alors qu'il a été constamment marqué par le dynamisme et les réformes.

— *Existe-t-il une sorte de* carpe diem *chrétien, d'amour de la vie propre au croyant ?*

— Profiter honnêtement de la vie, mais avec le souci surnaturel d'un bonheur dans l'au-delà, tel serait le *carpe diem* du chrétien.

Les brebis à droite, les chèvres à gauche

— Comment le christianisme a-t-il pu développer deux attitudes aussi différentes que celle du retrait du monde et celle du souci des autres ?

— Le christianisme a soutenu avec la même intensité ces deux conduites, qui ne sont pas contradictoires entre elles, même si elles obéissent à des «logiques» différentes : l'attitude de retrait, dans lequel même le prochain peut disparaître, et le comportement caritatif. Si saint Martin a acquis une extraordinaire popularité, c'est à cause du geste par lequel il coupa en deux son manteau pour en donner la moitié à un pauvre. De même, saint François d'Assise fut surnommé en son temps *alter Christus* (autre Christ) – aucun autre saint n'a eu jusqu'alors droit à un tel éloge – en raison notamment du baiser qu'il avait donné à un lépreux. Réduire l'histoire du christianisme occidental à l'idéologie du *contemptus mundi*, c'est donc oublier la moitié ou les trois quarts de l'œuvre chrétienne : il faut – historiquement – tenir ensemble l'idéal de mépris – et non de haine – du monde et l'exigence de dévouement aux autres. La prophétie du Jugement dernier, dans l'Évangile de Matthieu (Mt 25), montre que ce ne sont pas des connaissances de catéchisme qui seront demandées par Dieu au croyant, mais des actes d'amour du prochain et d'aide aux autres.

— Que dit-elle exactement ?

— Ceci : «Quand le Fils de l'homme viendra dans sa gloire, accompagné de tous ses anges, alors il siégera sur son trône de gloire [...] et il séparera les hommes les uns des autres [...]. Il placera les brebis à sa droite et les chèvres à sa gauche. Alors [il] dira : Venez, les bénis de mon Père, recevez en partage le Royaume qui a été préparé pour vous [...]. Car j'ai eu faim et vous m'avez donné à manger ; j'ai eu soif et vous m'avez donné à boire, j'étais un étranger et vous m'avez recueilli [...]. Et chaque fois que vous l'avez fait à l'un de ces plus petits, qui sont mes frères, c'est à moi que vous l'avez fait ! Alors il dira à ceux qui sont à sa gauche : Allez-vous-en loin de moi, maudits, au feu éternel qui a été préparé pour le diable et ses anges. Car j'ai eu faim et vous ne m'avez pas donné à manger... » Tel sera le critère du Jugement : celui du secours et du dévouement, et il n'en existe pas d'autre.

– Si le mépris du monde s'est accompagné d'un amour du prochain, s'est-il également accompagné de cet amour de la vie, cher aux philosophes, comme nous l'avons vu avec André Comte-Sponville ?

– Le christianisme d'aujourd'hui enseigne que la vie est bonne, et il est en cela beaucoup moins justiciable qu'autrefois des critiques de Nietzsche. Dans la relecture contemporaine des Évangiles, comme je l'ai signalé, les théologiens insistent désormais sur le climat de festivité qui marqua plusieurs épisodes de la vie de Jésus, et notamment les noces de Cana. Jésus n'a jamais méprisé les banquets et c'est au cours d'un repas qu'il institua le sacrement de l'Eucharistie, qui est au cœur de la pratique chrétienne. Le repas pascal est une fête de l'amitié avec la participation de Jésus (sa «présence réelle»).

– Il existe néanmoins un ascétisme chrétien. À quelle époque faut-il alors le faire remonter ?

– Peut-être aux traditions esséniennes, qui restent mal connues. En tout cas, dans l'histoire chrétienne, les ermites et les ascètes du désert prirent la place des martyrs. Si ces derniers avaient fait le sacrifice de leur vie, les nouveaux martyrs que furent les ermites offrirent non pas leur vie, mais leur vie dans le monde. Dans l'iconographie et les textes du Moyen Âge, les ascètes du désert occupent une place de choix, et viennent immédiatement après les martyrs. Ils représentaient l'idéal d'une vie donnée, une autre manière de donner sa vie. Cet idéal explique la longue insistance chrétienne sur les privations : elles exprimaient le don de soi dans un acte de foi. À quoi s'ajoutait la conviction, appuyée sur l'expérience, que le monde d'ici-bas peut, certes, apporter des bonheurs ponctuels mais pas un bonheur durable. Dans le combat entre le passager et l'éternel, il n'est pas difficile de voir quel bonheur, pour le chrétien, devait l'emporter sur l'autre.

Les portes de l'espérance

– *Dans l'idée chrétienne, un bonheur durable sur terre est-il chose impossible ?*

– Le christianisme et la plupart des religions et des philosophies s'accordent pour affirmer que la vie quotidienne peut apporter des bonheurs passagers, plus ou moins nombreux et intenses selon les destinées individuelles, mais que la vie sur terre n'apporte pas et n'apportera pas le Bonheur, c'est-à-dire une joie parfaite et durable. Entre la fin du XVIIIe et le début du XXe, les hommes ont cependant nourri la croyance que la science, la technique et l'amélioration générale des conditions de vie allaient engendrer à la fois le progrès et la vertu, et rendre possible le bonheur sur terre. En 1913, Albert Quantin publia une utopie intitulée *En plein vol*. On y lisait notamment : « Les civilisations actuelles se présentent devant leur devenir comme un enfant de trois mois en face d'un vieillard de cent ans. Elles sont extrêmement jeunes. Elles se modifieront à maintes reprises […]. L'Évolution s'effectuera dans le sens du progrès et du bonheur, car le retour en arrière conduirait à la mort. La vie ira en s'épanouissant, et l'utopie, par avance, ouvre les portes de l'espérance. » Ainsi pour de nombreux utopistes du XIXᵉ siècle et du début du XXᵉ, l'âge d'or n'était pas en arrière mais à venir.

– Cela signifie-t-il que le politique s'est emparé de la conception chrétienne d'un paradis, pour le séculariser ?

– La nostalgie du paradis terrestre s'est combinée avec le millénarisme issu de l'Apocalypse pour aboutir à l'idéologie du progrès et à l'espérance d'un bonheur durable sur terre. Le XIXᵉ siècle a ainsi chanté l'avènement de « nouveaux cieux et d'une nouvelle terre ». Or ce qui caractérise notre époque, depuis la guerre de 1914-1918, c'est l'effondrement de cette espérance. Personne n'attend plus de la science et de la technique l'assurance d'un bonheur terrestre continu. La Grande Guerre constitua à cet égard une rupture indéniable avec le passé, même si, d'un point de vue philosophique, la défaite de l'espérance avait commencé bien avant, avec Feuerbach, philosophe précurseur de Marx, et Nietzsche. La croyance au bonheur sur terre ne résista pas au désespoir né avec Verdun ; les hommes comprirent alors que les grandes espérances nées du XIXᵉ siècle et du début du XXᵉ étaient des « utopies » et qu'elles ne se réaliseraient jamais. Le terme d'« Uto-pie » a été forgé par Thomas More, en 1516 : il désignait le pays qui n'est « nulle part ». Certes, on peut d'une certaine façon appeler le paradis chrétien une « utopie », dans le sens où il est hors du temps et de l'espace. Mais le christianisme postule, comme d'autres religions et plusieurs philosophies, que tout le réel n'est pas enfermé dans le temps et dans l'espace.

– *Le paradis a pourtant une réalité pour le christia-nisme.*

– Je crois, en effet, que le paradis a une réalité mais qui n'est accessible ni à la science ni à aucun des moyens humains d'investigation. Le *Catéchisme* de l'Église catholique, publié en 1992, commente la for-mule « Notre Père qui êtes aux cieux » par une préci-sion : « Il s'agit non d'un lieu mais d'un état. » Selon le christianisme, le paradis sera alors à la fois en nous et hors de nous. Tous les élus baigneront dans un état paradisiaque qui ne connaîtra pas les limites du temps et de l'espace. Ce bonheur sera, certes, personnel, comme réalisation de soi. Mais il résultera aussi de la communion avec tous les autres élus et avec Dieu, que l'on verra alors face à face. Jésus a prophétisé, dans son énoncé des « Béatitudes » (Mt 5,1-12) ce que sera cet état paradisiaque : « Heureux les affligés, car ils seront consolés. Heureux les affamés et assoiffés de justice, car ils seront rassasiés. Heureux les miséricor-dieux, car ils obtiendront miséricorde... » Ces « Béati-tudes » décrivent une situation, qui n'est pas celle du présent mais de l'avenir, après la victoire sur la mort. Cette situation de bonheur constituera un retournement complet de toutes les situations douloureuses de l'ici-bas : ce sera la version positive de ce que l'on aura connu en négatif.

– *En quoi vivre auprès de Dieu et le voir sont-ils gages de bonheur ?*

– La « vision béatifique » est un terme théologique qui désigne le fait de voir Dieu. Cette vision rend heureux et rendra heureux pour toujours. Elle sera inséparable d'une intense communion avec l'humanité rassemblée autour de Lui. Voir Dieu rend heureux car cela équivaut à voir l'amour face à face. La formule « Dieu est amour » se trouve dans la Première Épître de saint Jean. Il serait, à mon avis, souhaitable de rédiger un *Credo* pour nos contemporains, qui débuterait par la formule « Dieu est amour ». Pour le chrétien, il n'est pas douteux que le paradis est amour, à la fois de Dieu et des autres, eux-mêmes pénétrés de l'amour divin. L'« utopie » chrétienne, qui ne peut être située ni dans le temps ni dans l'espace, est et sera un face-à-face avec Dieu et la réconciliation totale des hommes, dans la proximité immédiate de leur Créateur. Contrairement à l'affirmation négative de Jean-Paul Sartre, les autres seront non pas notre enfer mais notre paradis. La croyance en cette « utopie » ne peut qu'inciter à œuvrer pour le « royaume de Dieu ».

L'opium des croyants

— La représentation lumineuse d'un paradis n'est-elle pas un contrepoison aux peurs et aux souffrances d'ici-bas ?

— Historiquement parlant, ce fut effectivement le cas. Dans toute l'histoire chrétienne, en particulier dans les pays catholiques, les fidèles voyaient souvent des représentations du paradis : sculptures, peintures, vitraux, retables donnaient à voir le paradis de multiples façons dans les églises, dans les rues et sur les places. On voyait le paradis, mais l'enfer n'était pas loin. À l'époque de Louis XIV, un enfant sur quatre n'arrivait pas à l'âge de cinq ans, un enfant sur deux n'atteignait pas vingt ans et la mortalité des adultes était beaucoup plus importante qu'aujourd'hui. Un ménage moyen durait environ quinze ans. À cela s'ajoutaient les pics de mortalité liés aux pestes : on estime ainsi qu'en trois ans (1348-1350) la peste noire emporta au moins le quart, sinon le tiers, de la population européenne. Plus tard, à Milan en 1630, à Naples en 1656, à Marseille en 1720, la peste emporta la moitié de la population en deux ou trois mois d'été : à Marseille, environ 60 000 habitants sur 120 000 trouvèrent la mort. Il n'était pas rare de trouver une personne morte de faim dans les rues de Paris, au temps de saint Vincent de Paul. Les populations étaient donc largement fatalistes, tout en étant terrorisées par les épidémies de peste. Il n'est pas étonnant dans ces conditions que tous aient été préoccupés par l'au-delà de la mort, par la vie après la vie.

– *Nous ne regardons plus la mort de la même façon aujourd'hui.*

– Autrefois, tout chrétien, qu'il fût catholique ou protestant, savait dès l'enfance que le sens ultime de sa vie était au-delà de la terre. Il existait donc bien une culture du paradis et, en contrepartie aussi, une culture de l'enfer et du purgatoire. De nos jours, nous avons, au contraire, reculé les limites de la mort, tenté son effacement, et nous avons pris nos distances par rapport à la pastorale qui insistait sur les « fins dernières » et la destinée éternelle de l'homme. Toutefois, si l'on peut aujourd'hui reculer l'échéance de la mort, on ne gommera jamais son caractère inéluctable.

Le rêve des modernes

La volupté des Lumières

Le bonheur est de retour parmi nous ! Avec l'avènement des Lumières, le bonheur descend du Ciel pour habiter à nouveau la terre et les consciences.

Les bienfaits du plaisir

– Peut-on dire que le XVIIIe siècle a inventé, ou réinventé l'idée d'un bonheur vrai, accessible sur la terre ?

– **Arlette Farge :** Je ne sais pas s'il faut aller jusque-là car, bien que déchristianisé, le XVIIIe siècle ne l'est pas complètement : pour beaucoup, la référence reste le Ciel, le Diable, Dieu et la religion. Certes, l'idée du bonheur relève davantage de la réflexion, de la philosophie, du rêve ou de l'expérience que d'un donné qui viendrait du ciel. Le XVIIIe ne rejette pas, au nom de la raison, tout ce qui est du domaine de la croyance, du christianisme et de la religion : il manifeste même un goût très prononcé pour le merveilleux, l'étrange et les superstitions. Cependant, le monde de la raison s'impose et il est défendu par les grands écrivains et philosophes que sont Voltaire, Diderot, Rousseau. À l'encontre de toutes les idées reçues sur le siècle des Lumières, il reste que le XVIIIe est aussi un siècle angoissé.

– *Cette angoisse viendrait-elle du désir de rechercher à tout prix le bonheur et de ne pas y parvenir ?*

– L'angoisse est bien celle d'obtenir le bonheur : le XVIIIᵉ siècle tente de faire l'expérience du bonheur, mais ne peut tout à fait déterminer par quels moyens y parvenir. C'est un siècle qui se cherche en même temps qu'il mène sa quête du bonheur sur terre. Aussi l'idée du bonheur au XVIIIᵉ s'allie-t-elle à une très grande sensibilité, à une place importante accordée aux sens, à l'imaginaire. Par ailleurs, il est fort difficile – et sans doute faux – d'affirmer que le XVIIIᵉ dit «ceci» ou «cela». Le XVIIIᵉ siècle, en réalité, ne dit rien ; il est habité par des hommes et des femmes de classes sociales différentes, et ce sont eux qui vivent, pensent et improvisent leur histoire, de façon parfois homogène, parfois conflictuelle.

– *De quelle manière ?*

– Au XVIIIᵉ, on découvre le plaisir et la volupté. Chaque lettré en souligne les bienfaits, et Saint-Hyacinthe dans son *Recueil de divers écrits* en 1736 écrit : «La volupté est l'art d'user des plaisirs avec délicatesse et de les goûter avec sentiment.» Ainsi le raffinement devient un impératif ; il est une esthétique pour les élites, qui le cultivent même parfois au détriment de la pureté de l'âme. Il ne faut toutefois pas en conclure que la volupté est uniquement celle des sens ; elle apparaît comme une pratique morale et une expérience auxquelles il faut tendre : la conversation, le partage, l'échange, la découverte sont de l'ordre de la volupté, à condition que soient toujours respectées les règles de l'harmonie et du goût raffiné. La sociabilité, le fait de rechercher la bonne compagnie peuvent aussi être nommés volupté ; quand Rousseau dans *La Nouvelle Héloïse* écrit : « Nous existons pour vivre en société, comme les perdrix pour vivre en compagnie », il exprime bien ce goût pour la compagnie des hommes, ce plaisir pris à vivre en société.

– *Mais cela est réservé à une élite ?*

– Évidemment, nous ne sommes ici que dans le monde des lettrés ; c'est un milieu qui sait verbaliser ses émotions, mais il faut tenir compte de l'ensemble de la société et être très attentif à la diversité des conditions sociales : le plaisir des sens, le goût, la sociabilité, la volupté s'inscrivent dans des contextes sociaux et culturels bien précis. Tout dépend aussi du sexe, de l'âge et de l'endroit où l'on se situe dans la hiérarchie sociale. Le bonheur n'a pas les mêmes moyens pour exister si l'on est artisan, grand marchand ou aristocrate ; pour pouvoir être en quête de raffinement, il faut une situation aisée et vivre dans un climat où l'apparence est première. Ce qui ne veut absolument pas dire que la population pauvre ne soit pas en recherche de goût et de plaisirs, mais il lui faut traverser deux barrières : celle, économique, qui ne permet guère de s'approprier des richesses suffisantes ; celle, intérieure, que représente le jugement des élites toujours promptes à penser qu'elle ne peut prétendre atteindre à l'expérience esthétique.

– *Les hommes du XVIIIe siècle cherchent-ils à multiplier les plaisirs ? Le bonheur consiste-t-il, pour eux, à les collectionner ?*

– Les élites du XVIIIe siècle sont plus raisonnables que cela et elles ne cherchent pas à multiplier les plaisirs. Leur mode d'existence, au cours du siècle, les conduit à se poser beaucoup de questions. En effet, les aristocrates sont progressivement écartés du pouvoir monarchique au profit de la grande bourgeoisie ; quel type de bonheur peuvent-ils alors retrouver ? À quel bonheur peuvent-ils prétendre alors qu'ils pensaient obtenir le bonheur politique ? Évincés de ce bonheur politique, ils vont vivre dans un microcosme, celui de la Cour, et tout leur bonheur se réduit au fait d'être distingués par le roi. Leur bonheur est alors celui du libertinage, qui est, en réalité, une discipline extrêmement contraignante, une recherche constante et inquiète du pouvoir et de la distinction.

– *Et pour les autres, ceux qui ne sont pas à la Cour ?*

– Les hommes plus humbles inscrivent leur bonheur dans d'autres chemins : pour eux, il ne s'agit pas de collectionner les plaisirs, mais de trouver un équilibre économique suffisant, et de vivre en bons termes avec leur voisinage et leur quartier. Leur bonheur réside aussi dans la curiosité pour l'information, dans la compréhension de la politique menée par les princes qui les gouvernent. Le peuple refuse progressivement l'état de passivité et cherche à savoir, à apprendre, à penser par lui-même.

Des libertins érudits

– *Nous avons tendance à voir dans le libertin un homme parfaitement heureux, un jouisseur !*

– Il faut en donner une vision plus sérieuse et plus complexe. Le libertin est souvent un très grand érudit, un savant, qui réfléchit sur les formes de sa séduction. Constamment évincé par le pouvoir du roi, il ne parvient plus, ou à peine, à le séduire. La place qui lui revient est de plus en plus réduite : sa grâce est sa disgrâce. Le libertinage n'est pas, comme on a pu le croire en simplifiant trop cette posture, une recherche du bonheur et du plaisir des corps, mais la volonté de capter l'attention d'hommes ou de femmes proches du pouvoir et susceptibles d'accorder des faveurs et une meilleure position sociale. Dans l'enfermement que représente la Cour pour l'aristocratie, le roi exerce sa puissance en distribuant les marques de distinctions, et c'est en fonction de ce système de distinctions que le libertin choisit ses « proies », exerce sa séduction, afin de monter toujours plus haut dans un système de distinctions très hiérarchisé. Ce qu'il veut, ce n'est d'ailleurs pas tant posséder le corps d'une femme que séduire son esprit ; c'est en cela que réside la captation. Le libertinage est la recherche du pouvoir par les voies de la séduction. Cela n'interdit pas d'avoir recours au plaisir, bien au contraire ; mais obtenir l'attention de celle qu'on séduit, prendre pouvoir sur son esprit est en soi une forme de bonheur.

– *On songe au cynisme des* Liaisons dangereuses*, et à* Sade…

– Il ne faut pas nécessairement rapprocher cette attitude de celle de Sade et du sadisme, car il s'agit ici de capter sans aucune volonté de faire souffrir, de prendre possession d'une personne, de son intelligence, de son âme, sans même parfois prendre son corps. Il faut néanmoins « enfermer » l'autre, le rendre prisonnier de la séduction exercée. Ainsi sera la vie de Mme de Fontanges, totalement fascinée jusqu'à la mort par Valmont, personnage du roman de Choderlos de Laclos, *Les Liaisons dangereuses*.

Le bien du peuple

– Au XVIIIᵉ siècle, pense-t-on un bonheur pour tous, pour les couches populaires comme pour les gens de la Cour ?

– Non, tel n'est pas le cas. Tout d'abord, il paraît hasardeux d'avancer que les couches populaires sont effectivement heureuses : elles connaissent trop de vicissitudes, de précarité, d'instabilité, de deuils, de blessures et de manques. Les généralisations en histoire sont d'ailleurs toujours suspectes, voire fausses. L'esprit des Lumières n'est pas prioritairement de définir un bonheur pour le peuple, car quelle serait l'utilité de ce bonheur ? Même chez les philosophes les plus éclairés, comme Voltaire, on trouve des textes surprenants qui affirment que le bonheur des couches populaires ou des couches rurales les plus basses est de peu d'intérêt, puisque cette partie de la population n'a pas même le temps de s'enquérir de son bonheur. Les hommes et les femmes du peuple ne peuvent avoir de passions, car ils se consacrent entièrement au travail : l'idée même du bonheur leur serait ainsi étrangère. Le peuple n'a pas la pensée du bonheur puisqu'il est dit qu'il ne pense tout simplement pas, et qu'il n'éprouve rien, ni émotions, ni aspirations, ni désirs. Il n'y a donc aucun souci de démocratiser le bonheur ; si le bonheur est du registre des passions, alors les pauvres ne peuvent avoir de passions, tant ils sont absorbés, dit-on, par leur survie. C'est leur dépendance, leur assujettissement qui sont nécessaires, afin que la société ne tombe pas dans l'anarchie. Le philosophe Jean Blondel écrit ainsi dans son ouvrage *Des hommes tels qu'ils sont et doivent être* (1758) : « Ils ont moins de passions, parce qu'ils ont moins d'idées. L'habitude qu'ils ont de souffrir leur fait perdre celle de croire qu'ils souffrent… »

– *Le XVIIIᵉ siècle aurait inventé la démocratie politique mais n'aurait pas inventé la démocratie du bonheur, alors que Jefferson inscrit le droit au bonheur dans la Constitution américaine ?*

– Je ne suis pas certaine que les hommes de ce siècle aient inventé la démocratie, qui est un terme quelque peu anachronique, mais ils ont pensé une société fondée sur l'égalité et sur le refus de se soumettre passivement au monarque. Le bonheur du peuple n'est pas au centre de leurs convictions politiques puisque, pour eux, le peuple ne pense pas. Il me semble que les historiens contemporains eux-mêmes ont travaillé avec cette idée que le peuple mange, aime, meurt, mais ne pense guère. Le pauvre, dit-on, ne peut pas avoir de pensée, il ne peut pas même ressentir son malheur – ou son bonheur. Pour les philosophes des Lumières, le peuple est un corps sans conscience. Cependant, la police, les hôpitaux tenteront, pour leur part, de faire le « bien » du peuple, ne serait-ce que parce que lorsqu'il tombe dans le malheur extrême, il risque de se soulever et de menacer l'ordre de la société. Le XVIIIᵉ siècle sait parfaitement nommer, dire et situer les injustices, c'est-à-dire les lieux du pouvoir, et il défend l'idée d'un bonheur dans et par la justice. Cependant, il ne met pas en avant un bonheur pour tous, car il cherche à respecter malgré tout ordres et hiérarchies, à créer un espace public qui concerne d'abord les lettrés et les élites éclairées.

– *Quelle forme ce bonheur et cette justice prennent-ils ?*

– Ce bonheur et cette justice consistent avant tout à être reconnu dans le droit à exister et à penser, et à dénoncer les inégalités, qui sont flagrantes. L'inégalité frappe d'autant plus les yeux que les métiers ont leurs vêtements spécifiques et que l'homme porte sur lui les habits de sa condition. Les châtiments sont également très visibles puisqu'ils sont toujours infligés en public, au vu et au su de tous : rien n'est donc plus transparent que les conditions sociales. Au pilori, au fouet, sur la roue, ce sont les personnes du petit peuple plus que des habitants aisés ou fortunés qui sont exposées. Les hommes du XVIIIe siècle s'insurgent peu à peu contre la privation de droits et de parole.

– *Quelle idée du bonheur se fait-on chez les artisans ?*

– Les artisans sont une catégorie sociale organisée en corporations. Chaque corporation de métiers est très réglementée, avec des jurés qui contrôlent les droits et les devoirs de chacun. Dans la boutique de l'artisan vivent ses compagnons et ses apprentis. Les compagnons, associés en compagnonnages, savent se regrouper pour défendre leurs droits. Tous ces métiers (ferblantiers, savetiers, menuisiers, chaudronniers, etc.) sont des métiers que l'on dit « réglés » parce qu'ils sont à la fois structurés et défendus. L'idée du bonheur est souvent inscrite dans l'honneur du travail bien fait, dans la volonté d'ascension sociale et dans une sorte de sociabilité chaleureuse au sein de l'atelier ou de la boutique. Le maître artisan et sa femme mettent aussi leur bonheur dans le maintien de la réputation : travail sérieux, mœurs honnêtes, compagnons zélés, commandes nombreuses.

– *Et chez les paysans ?*

– À la campagne, laboureurs, fermiers et manouvriers vivent dans un tout autre cadre, et sur eux pèse l'idée, venue des élites et des philosophes, que leur bonheur se construit par un lien indissoluble avec la nature : qu'importe qu'ils soient indigents ou miséreux, vivre au contact permanent de la nature serait en soi un gage de bonheur. Ainsi est exalté en ville le goût des rites et de la vie champêtres. La beauté de la nature rendrait les laboureurs bons et heureux. À l'opposé, le luxe et la démesure de la ville rendent mauvais. Le bonheur a ainsi l'odeur des chaumes et des champs : « J'ai peu de choses, mais j'ai la paix », dit un paysan dans le livre de Jean Blondel, précédemment cité.

Le bonheur dans le pré

– *Pour ce siècle des Lumières et du raffinement, le bonheur serait dans le pré ?*

– La nature dessine l'image d'un bonheur rural. Nous pensons habituellement que le XVIIIᵉ est le siècle des villes mais il a aussi pour modèle le bonheur « champêtre ». Comme Rousseau l'a parfaitement montré, la ville est corruptrice, elle est le lieu du luxe et des voluptés alors que la nature rapproche de l'essentiel, c'est-à-dire des cycles rassurants des saisons ; elle est symbole de fraîcheur et d'innocence. Il s'agit de la nature des origines, avant que ne survienne la corruption de la société et des villes. On le voit clairement dans le *Tableau de Paris*, que dresse Louis Sébastien Mercier en 1782 : la ville est dangereuse. Louis Sébastien Mercier est un chroniqueur très connu du XVIIIᵉ siècle. Il observe Paris, ses habitants, ses humeurs, sa circulation, son luxe et ses injustices à la manière d'un sociologue d'aujourd'hui. Rien ne lui échappe et son écriture alerte rythme la cadence allègre et dure de la capitale. À le lire, on le voit à la fois fasciné et inquiet : il trace un portrait effrayant du peuple parisien, qu'il dit rabougri et broyé, avec son lot de miséreux aux visages hideux. L'apologie de la nature ne correspond pas à la nostalgie d'un paradis perdu, à l'image sécularisée du paradis, mais elle exprime la volonté de retourner à un état où rien ou presque n'aurait été touché, abîmé par l'homme. Il ne s'agit aucunement d'une allusion à un monde divin, au paradis des premiers hommes.

– Est-ce qu'il s'agit du bonheur de Robinson Crusoé, le bonheur de l'homme revenu à son état premier ?

– Il s'agit presque de cela, mais les hommes de la Révolution vont y ajouter un idéal social. Ils tentent, en effet, de construire une société politiquement rationnelle et espèrent un bonheur vertueux, grâce auquel les hommes seraient unis par un lien fraternel. Cet idéal d'un bonheur « vierge », innocent, exprime également la crainte que les hommes du XVIIIᵉ siècle et de l'Ancien Régime ont eu des passions : le bonheur, qu'il soit moral ou physique, réside dans la « médiocrité ». Cette notion n'est pas simple à définir. D'après Robert Mauzi *(L'Idée du bonheur dans la littérature et la pensée françaises au XVIIIᵉ siècle)*, « elle est cet intervalle assez étroit qui sépare le trop du trop peu. En deçà, l'âme chavire dans la convoitise des pauvres ; au-delà, c'est le vertige du luxe qui l'étourdit. Seule une honnête aisance permet d'aplanir les aspérités de la vie, sans détourner des jouissances intimes ».

– Que signifie ce bonheur dans la médiocrité ?

– Le bonheur consiste en un juste milieu, «transposition sociale de l'idée du repos», selon R. Mauzi : il ne faut donc être ni trop malade, ni trop bien portant parce que tout excès entraîne des déviances et des errances. Le bonheur réside dans le médiocre, le moyen. De nombreux traités de santé ou de médecine conseillent aux hommes de se «ménager», de se lever doucement, de marcher lentement, etc. La «médiocrité» s'oppose à l'emportement des passions, à leurs excès ; elle est une condamnation de la ville turbulente et tumultueuse, qui exacerbe les désirs. La médecine impose ainsi une idée du bonheur, du bien-être, valable pour les hommes, les enfants et les femmes ; c'est le normatif médical qui s'impose aux hommes pour les conduire vers leur bonheur. La santé comme la vertu et le bonheur exigent de faire les choses sans hâte ni excès. Ce n'est pas une ascèse, qui en elle-même serait excessive, mais c'est une sorte de «diététique», de régime du médiocre. La thèse d'Aristote, selon laquelle la vertu occupe toujours le juste milieu entre deux maux, est reprise et médicalisée : les traités du corps enseignent ainsi des pratiques pour connaître un bonheur durable – le bonheur de celui qui se préserve de trop grandes intensités émotives, alimentaires, physiques ou sexuelles.

Le malheur des uns…

– Les couches populaires peuvent-elles également prétendre à ce bonheur «moyen» ?

– Il s'agit pour cette catégorie de la population, journaliers, manouvriers, vendeurs d'eau, d'une vie subie que l'on ne choisit pas. On est, en général, venu de la campagne pour Paris, parce que Paris est une « ville mirage » qui, avec Lyon et Marseille, représente l'une des trois grandes villes de France. Elle fascine en raison des possibilités de travail qu'elle offre. Mais le Paris de l'époque révolutionnaire est à la fois ville et campagne : à la porte Maillot pousse le blé, sur les plaines de Gentilly, ce sont les haricots verts, à Montmartre s'étend la vigne. Paris est fait d'autant de buissons que d'avenues : ainsi est-il possible d'y cacher ses amours, d'y entretenir des rencontres et des liaisons avec toutes les conséquences fâcheuses que cela représente, pour les femmes en particulier, qui risquent toujours de mauvaises rencontres. Le fleuve, la Seine, occupe une place majeure et génère une activité extraordinaire que nous ne connaissons plus : tout arrive par l'eau, l'approvisionnement en bois, en blé et en nourriture ; sans oublier les voyages : les enfants en nourrice partent par des coches d'eau conduits par des meneurs et reviennent plusieurs mois ou années après, quand ils ont survécu, chez leurs parents, encore une fois par voie d'eau. Paris est un lieu quasi aquatique : on marche à pied le long des rives, on y travaille et on y organise trafics et menus travaux. C'est un monde très physique où le corps est constamment sollicité, dès trois heures du matin, par le labeur, la marche à pied. En même temps, il faut savoir que cette société est fondamentalement mixte : les hommes et les femmes ne sont pas séparés, comme le XIXe l'exigera ; ils travaillent et cheminent ensemble, et se retrouvent au cabaret dans une mixité qui offre des chances et expose à des risques, mais qui fait partie des habitudes de cette époque et de cette population du travail.

– *Est-ce une société de la promiscuité ?*

– C'est une société «poreuse», très corporelle et gestuelle : on chante, on danse, on boit, on travaille, on peine, on subit de nombreux accidents corporels, on part pour la prison. Le corps, constamment engagé dans le labeur, les rixes ou la violence, ne peut être sur la réserve, il ne peut pas faire «tout doux», comme l'exige la norme médicale. Je dirais qu'il s'agit d'un corps brutalisé, sollicité, expressif, et cela dans la peine comme dans le plaisir. Cependant, le corps «s'éclate», comme nous le dirions aujourd'hui, sans que cela implique nécessairement une idée de débauche sexuelle. Les couples sont de fait souvent séparés par la distance, parce que le mari, par exemple, est resté à la campagne tandis que la femme est venue à Paris gagner de l'argent. Ne pouvant trouver un logis, elle vit en concubinage, et les logements sont si précaires que cela entraîne bien évidemment une certaine promiscuité. La population fait souvent preuve d'une immense ferveur ; mais, si elle fréquente les guinguettes, elle vit aussi dans une douleur marquée. Il existe une pénibilité quasi quotidienne, à laquelle s'ajoute le poids des normes : dès lors, le rôle de la police, sous l'autorité de la monarchie, est de contrôler jour après jour les émotions populaires.

– *Le peuple fait peur ?*

– Le peuple est l'une des préoccupations majeures de la monarchie et des philosophes, car «du peuple, tout peut devenir possible» ; du peuple, on peut tout attendre, comme de la femme d'ailleurs, jugée trop instinctive et hystérique – on trouve ainsi l'expression de « peuple femelle ». Le peuple fait peur, mais, en même temps, en organisant des cérémonies, des feux d'artifice, la monarchie sollicite l'enthousiasme populaire, son adhésion, voire son acclamation. La police est néanmoins convoquée pour observer la population et contenir les velléités de séditions ou les attroupements menaçants.

– Ne cherche-t-on pas également à cacher les déviants, les malheureux ?

– La date clé est certainement celle de 1656, où s'instaure ce que l'on a appelé le « grand renfermement » – comme l'a parfaitement étudié Michel Foucault : on décide alors d'enfermer les pauvres, qui, excessivement nombreux, constituent une population nomade, se déplaçant de ville en ville, pour tenter de trouver du travail. Cette population est dite ignorante et incontrôlable. Ces pauvres et ces mendiants peuvent être à la fois des soldats déserteurs ou des familles que la campagne ne peut plus nourrir. Or la mendicité est considérée comme un désordre grave, que la police, extrêmement bien structurée, doit surveiller et contenir. Cette police est mise en place pour enfermer les pauvres dans des hôpitaux, ou des prisons afin d'effacer leur présence, de les rendre invisibles, ce qui est censé assainir le paysage : il s'agit donc davantage de nier leur existence que de les empêcher de générer le désordre. On assiste alors à la construction de tous les grands hôpitaux comme l'hôpital Bicêtre ou celui de La Salpêtrière. Là sont enfermés aussi bien les malades que les fous, les pauvres que les déviants, et l'intention est toujours la même : si l'on ne peut voir ces hommes, c'est donc en quelque sorte qu'ils n'existent pas. Tous les marginaux sont ainsi regroupés pour disparaître de la vue. Cet enfermement coûte cher à la monarchie : l'hôpital de la Salpêtrière contient 3 000 femmes, celui de Bicêtre 4 500 hommes, le nombre d'enfants trouvés est de 20 000 par an. C'est néanmoins sur cette population flottante que l'on entend exercer un contrôle social, au moyen d'une organisation rationnelle : c'est là tout le sens du « grand renfermement », nécessité absolue pour les inspecteurs de police et les gouvernements. Cependant, cette entreprise s'avère plutôt inefficace, car ce monde de l'« enfermement », fait de promiscuité et de relations « souterraines », favorise l'évasion : on s'échappe autant des prisons qu'on y rentre.

— En somme, il faut enfermer certains pour préserver le bonheur des autres.

— C'est certainement une idée du bonheur social qui a motivé cette entreprise de surveillance et de contrôle car, si la population n'est pas exposée au spectacle de la mendicité, elle considérera alors qu'elle est heureuse et que le roi a soin de son « bien-être ». Il n'en va pourtant pas nécessairement ainsi : chaque fois ou presque que l'on arrête un mendiant à Paris, il y a, en effet, émeute ou soulèvement. Tout le monde sait que, du jour au lendemain, il est possible de perdre un emploi, de tomber malade ou d'être blessé et donc de sombrer dans la mendicité. Ainsi se soulever contre les arrestations, est-ce prévenir ce qui pourrait un jour vous arriver à vous-mêmes.

— Est-ce que la monarchie, par le biais de sa police, a l'idée que cet enfermement des marginaux se fait pour leur bien ?

– Il n'y a, à l'époque, aucune idée de prévention ; on pense néanmoins que le malheureux sera ainsi préservé de tous les vices, et qu'il sera en quelque sorte protégé. Cependant, dans la réalité, c'est la mort qui l'attend : les hôpitaux représentent, en effet, le gouffre de l'horreur, l'antre de la mort – comme l'expriment fortement chroniqueurs et mémorialistes, souvent indignés devant tant de malheurs.

– *On ne peut donc éviter de parler de la figure du malheur…*

– Parler du bonheur ne peut se faire sans évoquer les traces et les empreintes du malheur. C'est, en effet, le sort le plus fréquent, du moins en ce qui concerne les couches les plus pauvres. Le malheur, c'est avant tout le deuil, la perte d'un enfant, d'un frère ou de parents. Le veuvage, les deuils à répétition, la maladie, la faim, la disette constituent le lot quotidien – sans qu'il faille voir là un quelconque misérabilisme de ma part. Contrairement aux idées reçues sur ce siècle, la mort reste un scandale : même si vous avez perdu six enfants sur huit, chaque fois, il y a faillite du bonheur. Jamais la mort ne devient familière et malgré la mortalité infantile élevée, il existe un attachement maternel : la preuve en est que les femmes qui abandonnent leurs bébés laissent un petit billet sous le bonnet ou le maillot, où il est écrit : « Il a été baptisé, je vous le promets », « À telle heure, il aime beaucoup qu'on lui caresse la tête ». Parfois même certaines femmes prises de remords ou ayant acquis une situation économique meilleure reviennent à l'hôpital pour y tenter de reconnaître leurs enfants.

Le contrôle des plaisirs

– *La politique, sous l'Ancien Régime, consisterait-elle ainsi à contrôler les bonheurs ou les plaisirs du peuple?*

– Je ne pense pas que l'on puisse dire cela, car la monarchie a bien d'autres buts à atteindre, ne serait-ce que les conquêtes territoriales. Mais il reste que l'organisation policière est absolument fantastique : on note, on observe et on archive tout, en tentant ainsi d'établir un contrôle permanent et efficace. Cette entreprise traduit une intention, celle de rendre les corps dociles – pour reprendre les termes de Michel Foucault. Cependant son échec est quasiment constant. L'obsession majeure du roi et de son lieutenant de police, afin d'assurer le bonheur de ses sujets, est la «tranquillité publique»; celle-ci demande que les pauvres ne se voient pas et qu'ils restent «tranquilles», ordonnés. Telle est l'idée du bonheur que l'on voit exprimée dans les traités de police, et notamment dans le plus important d'entre eux, le *Traité de police* de Delamare : il faut que le peuple accède à un bonheur qui ne nuise pas à l'ordre public; faire son bonheur au sein de la nation, c'est lui demander de n'apparaître pas, ou le moins possible. Pour les élites, l'inégalité entre les hommes se justifie aisément : elle est nécessaire à l'équilibre social, au bonheur de la communauté. Ainsi, Voltaire écrit-il dans son *Dictionnaire philosophique*, à la rubrique «Égalité» : «Le genre humain, tel qu'il est, ne peut subsister à moins qu'il n'y ait une infinité d'hommes utiles qui ne possèdent rien du tout.»

— *Existe-t-il, à l'inverse, pour l'aristocrate, un bonheur incontrôlé, où tout est permis?*

— Non, car la débauche est considérée comme un délit : la police surveille ce qu'elle appelle la grande débauche des aristocrates ou des seigneurs venus de l'étranger, comme elle surveille l'homosexualité (la dernière condamnation à mort d'un homosexuel date de 1746), les curés dévoyés, les prêtres débauchés et les lieux de prostitution. Le roi veille à ce que les aristocrates ne prennent pas trop de place au sein du pouvoir ; aussi font-ils l'objet d'un contrôle insistant.

— *Être roi, est-ce accéder au bonheur suprême?*

— Le roi est celui qui, au nom de Dieu, doit donner le bonheur bien plus qu'il n'est celui qui jouit du bonheur suprême. Dispenser le bonheur sous forme de tranquillité est un devoir pour lui. Chaque ordonnance royale commence ainsi par les mots suivants : « Le roi s'adresse à ses sujets dont il a toujours voulu le bonheur… » Si le roi assure le bonheur de ses sujets, cela implique en retour que ses sujets lui doivent fidélité et amour : le bonheur ne peut se trouver que dans la sujétion à ce roi qui accorde la paix et la sérénité, de la même façon que Dieu confère le bien et le salut. Le roi peut cependant prétendre au bonheur pour lui-même. Le souverain doit être fort, viril, il n'est donc pas impensable ni choquant qu'il ait des maîtresses. Mais il y a des codes à respecter ; ainsi, lorsque Louis XV part en guerre dans les Flandres, au lieu d'emmener avec lui la reine, ce qu'il aurait dû officiellement faire, il commet la maladresse de partir avec sa maîtresse, la duchesse de Châteauroux. Dans les esprits, le sexe et la guerre ne vont pas ensemble et si le roi veut gagner la guerre, c'est de sa femme légitime, la reine, qu'il doit être accompagné et non de sa maîtresse. Le monarque doit également faire preuve de vertu face aux grands événements. Il est d'ailleurs une personne extrêmement visible, qui se montre à de nombreuses occasions : lors des relevailles de son épouse (lorsque la jeune accouchée peut retrouver sa vie sociale et publique après un temps de repos), du mariage du Dauphin, etc. Les sujets n'ont pas l'idée du bonheur du roi, mais le roi, quant à lui, gère le bonheur de ses sujets, géographique-ment, démographiquement, par sa police, par son armée, par ses intendants, qui sont présents dans toutes les pro-vinces, par la mise en place de la voirie, de l'approvi-sionnement, du contrôle des finances, des impôts, de la répartition des biens. Il s'agit là d'un rapport total à la population.

La naissance du matérialisme

Le XVIIIe siècle est animé par un esprit de curiosité pour toutes les bizarreries et bigarrures de la vie : le bonheur est dans la découverte mais aussi dans la fête. On est heureux en buvant du chocolat et en assistant au mariage du roi.

Le goût du merveilleux

— *Si l'on devait faire le tableau des plaisirs, dans une ville comme Paris, au XVIIIe siècle, que devrait-on mentionner ?*

— Il existe avant tout un plaisir collectif, qui est celui des fêtes – que ce soit la grande fête versaillaise ou la fête plus modeste et populaire du Pont-Marie ou du Pont-Neuf. Les jours chômés sont également nombreux. Mais il y a aussi le plaisir de la musique, des feux d'artifice, des montreurs d'ours, des montgolfières, des bateaux sur la Seine avec leurs roues magiques. De façon générale, le bonheur est lié au plaisir des sens et à celui de la découverte. Dans ces moments de liesse, les aristocrates se mêlent au peuple et sont animés de la même curiosité. Le XVIIIe est un siècle où tout est spectacle, à la ville comme à la campagne. Paris est une ville mirage, où l'on veut absolument se rendre pour y faire fortune, mais elle est aussi la ville qui refoule et qui apporte le malheur : elle attire en même temps qu'elle repousse ; elle confère à toutes les classes de la société des sentiments antinomiques extrêmement forts. La noblesse, pour sa part, habite le plus souvent la campagne et voyage aisément. Il existe également, chez les intellectuels, des liens durables et vivants avec l'étranger, notamment avec la Russie. Cependant, les hommes du XVIIIe siècle ne rêvent pas de lieux paradisiaques : c'est à travers l'échange, la conversation et le spectacle que se dessinent, pour eux, les formes essentielles du bonheur. La population a soif d'informations ; elle s'étonne à l'égard de tout ce qui est « extravagant » ou différent, voire monstrueux, et qui vient d'ailleurs : l'Indien d'Amérique, le couple à deux têtes, l'homme aux sabots élastiques tentant de traverser la Seine, etc. Il y a ainsi du bonheur à apprendre, à voir, à savoir, à s'informer, en allant chercher les nouvelles aux Tuileries, en s'enquérant de la vie à l'étranger. Le bonheur est dans l'apprentissage du nouveau, car le savoir est un pouvoir – celui d'être au courant et de penser.

– *On considère pourtant le XVIIIe comme le siècle de la raison…*

– Mais il est aussi le siècle du mesmérisme, du magnétisme, des expériences « paranormales ». C'est toujours le plaisir de l'échange, l'esprit de curiosité qui motivent ces excursions vers l'étrange. Il y a un amour du merveilleux, une volonté réelle de croire en l'incroyable.

Cette attirance pour l'extravagant n'est pas le signe de la déchristianisation du peuple. La déchristianisation

consiste en un point fondamental, qui est la désacralisa-
tion du pouvoir, la remise en cause de l'idée d'un roi de
droit divin.

Kermesses et chocolat

– *Pour donner vie à ce siècle, peut-on imaginer de
quoi était fait le bonheur ?*

– Le nombre important des jours chômés, qui corres-
pondent à la fête des grands saints, introduit du festif
dans le quotidien : la fête de la Saint-Martin est une journée de libation en l'honneur du pauvre, de la charité, de
la générosité et du don ; la Saint-Hubert est également
un jour d'allégresse, de même que la Sainte-Geneviève,
patronne de Paris et des calamités (s'il pleut trop ou pas
assez, il faut prier sainte Geneviève et promener sa
châsse dans tout Paris en procession solennelle). Les
fêtes publiques, royales et chrétiennes sont toujours de
grandes fêtes populaires. Il existe aussi le Saint-Lundi
– ce qui explique que de nos jours encore certains maga-
sins sont fermés le lundi : ce jour-là, le vin est moins cher
au-delà des octrois, c'est-à-dire des barrières qui entou-
rent Paris et qui exigent un impôt ; on quitte alors les fau-
bourgs pour fêter la vie, le bonheur de ne pas travailler,
de boire et de danser.

– *C'est une ambiance de « kermesse » dans la ville…*

– Non, il s'agit plus sérieusement de cérémonies. Il
faut également mentionner les feux d'artifice que la
famille Ruggieri a importés d'Italie en France et qui
constituent un émerveillement absolu pour l'ensemble

de la population. Enfin, il existe les fêtes imposées, commanditées par la monarchie : ce sont des fêtes ostentatoires, des cérémonies du pouvoir, organisées à la gloire du roi pour célébrer une victoire, un mariage princier ou des relevailles. Les cérémonies publiques, les démonstrations du pouvoir sont incomparablement plus nombreuses que de nos jours. Ainsi, le mariage du Dauphin, en 1770, attire une foule immense qui provoque d'ailleurs plusieurs morts : on se presse, on se bouscule en direction de la place de Grève, qui est maintenant la place de l'Hôtel-de-Ville ; les aristocrates dans leurs carrosses bousculent le peuple qui est à pied ; trois cents personnes meurent d'apoplexie. La ferveur en ce siècle est intense. On raffole également des jeux d'eaux mais, par-dessus tout, de ce « poison », de cette « drogue » qu'est le chocolat. C'est une épice extrêmement coûteuse et boire du chocolat, pour les privilégiés qui le peuvent, provoque l'ivresse. La découverte de cette boisson n'est pas anecdotique – il est du devoir de l'historien d'aller au-delà des grands événements pour donner vie au quotidien : l'épice du chocolat, comme celle du café, ne peut être goûtée que par les riches, car elle est chère ; elle représente une substance inconnue, provoquant des plaisirs inédits, un goût et une chaleur encore jamais imaginés.

– *Le bonheur n'est-il que dans la rue ? N'y a-t-il pas de bonheur « privé », dans l'espace privé de son chez-soi ?*

– Il n'existe pas, à cette époque, d'espace privé. L'intime, tel que l'inventera le XIXe siècle, n'existe pas, et le bonheur n'est donc jamais chez soi mais ailleurs, dans la rue, dans les salons, et parfois à la Cour. Il n'y a pas même de pensée de l'espace privé : les appartements des classes populaires ouvrent les uns sur les autres tandis que ceux des nobles se trouvent aux étages les plus avantageux, mais ces derniers vivent en contact permanent avec les artisans et les ouvriers, qui occupent les autres étages. La précarité oblige à la promiscuité : l'artisan vit dans son atelier, et sous les tables de travail dort le « compagnon ». Les scènes de la vie quotidienne, telles que les a peintes Chardin, sont, en réalité, des scènes publiques où se mêlent enfants, parents... et voisins. Le bonheur ne réside pas dans un « chez-soi ». Ce sont la rue, le voisinage, le quartier qui apportent bonheur ou malheur. Le travail et le salaire, mais aussi la réputation constituent ainsi un moyen pour être heureux et respecté.

– Quels sont les malheurs dont la rue offre le spectacle ?

– Je pense aux exécutions publiques, par exemple. Je ne suis pas certaine qu'il faille compter les exécutions au nombre des fêtes et bonheurs de la rue, même si le peuple s'y presse. On note de nombreuses émeutes d'échafaud, où la foule prend la défense de la victime. C'est le cas notamment lorsqu'il s'agit d'exécutions de domestiques condamnés pour des vols commis chez leur maître. Ou bien encore la foule s'en prend au bourreau, s'il « rate » son exécution. Certaines personnes assistent aux condamnations à mort avec crainte, mais le plus souvent il s'agit d'être témoin de ce grand acte qu'est mourir. C'est un spectacle de la mort et cela suscite des interrogations : qu'est-ce que signifie mourir ? L'âme quitte-t-elle alors le corps et aura-t-on une chance de la voir ? On assiste en quelque sorte à un mystère. Par ailleurs, les hommes des Lumières sont très friands de théâtre, qu'ils convertissent parfois en lieux de débauche et de débordements. La police y exerce donc un contrôle ferme. Le théâtre peut être subversif, et le public y fait preuve de virulence : il hurle et rit, prend à partie les comédiens, réagit constamment avec enthousiasme.

L'art de plaire

– *L'amour n'est-il pas aussi la grande préoccupation de ce siècle ?*

– Être amoureux est un bonheur qui s'apprend et qui demande un raffinement toujours plus grand, mais la séduction est la forme la plus recherchée de bonheur : on reçoit des lettres, des cadeaux – même dans les classes populaires –, des petits billets, des rubans. S'« agacer », mutiner, badiner rend heureux. Plaire, rire, regarder le visage de l'autre et s'accorder quelques faveurs est toujours un gage de plaisir.

– *Les femmes occupent-elles une place de choix dans cette entreprise de séduction ?*

– Dans les classes populaires, les femmes ont connu beaucoup de violences, elles ne jouissent d'aucune liberté, d'aucun droit civil. Elles sont assujetties aux hommes et subissent souvent des mauvais traitements. Cependant, il me semble que la femme du XVIIIe est peut-être plus « heureuse » que celle du XIXe siècle : elle a, à tout le moins, la liberté d'aller et de venir, de boire, seule, du vin au cabaret, de travailler, d'errer, etc. Les femmes nobles, quant à elles, font salon et construisent ainsi une forme de sociabilité intellectuelle. Elles y exercent leur esprit, leur sens de l'ironie. La femme du XIXᵉ sera, pour sa part, plus empêchée, plus contrainte, plus obligée à la soumission.

Ajoutons que l'art de plaire et l'art de la conversation sont de véritables techniques du bonheur : la sociabilité du XVIIIᵉ siècle est extraordinairement chaleureuse. Les salons sont des lieux de discussions et de polémiques où l'essentiel est de converser et de séduire par l'esprit. Les femmes qui ne pouvaient accéder aux postes de journalistes, de lettrés, de politiques ou de responsables, etc., ont réussi à mettre en place des salons scientifiques et littéraires très courus et d'excellente réputation. Les femmes aristocrates et intellectuelles – comme Mᵐᵉ d'Épinay – ont ainsi exercé une grande influence. Dans les salons, on discute de tout, on polémique sur tout et on déploie la plus grande séduction, celle qui consiste à « manipuler » l'autre avec douceur et ferveur. C'est une séduction intellectuelle, où les femmes ne jouent pas le rôle de « précieuses ridicules » mais d'animatrices de débats. La sociabilité mondaine, réprimée par le règne austère de Louis XIV et de Mᵐᵉ de Maintenon au XVIIᵉ siècle, demande désormais de la chaleur et le goût du partage, de la conversation, de la découverte. Une fois encore il s'agit d'un bonheur de et dans l'échange.

– La femme du XVIIIᵉ n'est donc pas assujettie au joug d'une morale ?

– Au XVIIIᵉ siècle, elle participe naturellement à la vie publique. Elle a le pouvoir de donner son opinion, de prendre part aux émeutes : elle se trouve même en tête de toutes les luttes, car, la femme étant moins punissable que l'homme, elle se présente, fière, face à la police. À la Révolution, les femmes apparaîtront si « encombrantes » qu'on ira jusqu'à les exclure des Assemblées – ce qui représente un véritable camouflet pour ces femmes du XVIIIe, si actives dans la vie publique.

– *Le XVIIIe siècle marque également la naissance de la pensée matérialiste, économique et libérale…*

– Les physiocrates du XVIIIe siècle réfléchissent beaucoup à l'économie et on assiste effectivement à la naissance de la pensée libérale, sans pour autant qu'elle soit immédiatement mise en pratique. Le monde artisan et les corporations bénéficient toutefois d'une certaine liberté, et la satisfaction, selon eux, réside dans l'argent. Deux courants antinomiques s'opposent sur cette question. Diderot et Voltaire, notamment, justifient le luxe, à condition qu'il ait pour but la jouissance ; il ne s'agit pas tant de la possession de biens que de la justification de l'argent comme moyen d'accéder à une certaine volupté. Il ne convient pas d'accumuler, de capitaliser, mais de dépenser. Épargner est condamnable et peut être assimilé à de l'avarice ou de l'inactivité. D'un autre côté, des philosophes comme Rousseau défendent l'idée de frugalité, de « médiocrité » : l'argent, la richesse troublent le repos et corrompent l'individu ; les riches sont nécessairement malheureux et l'argent ne peut en aucun cas constituer un instrument de bonheur. Ce serait paradoxalement le pauvre le plus heureux des hommes puisqu'il n'a pas même à se poser la question du bonheur, à s'en inquiéter. Pour Rousseau, le bonheur des pauvres réside dans la force de leurs bras et dans le travail.

– *N'est-ce pas d'ailleurs précisément à cette époque que naît la notion de travail et que celui-ci est valorisé comme qualité essentielle ?*

– Oui. Il s'agit de l'idée fondamentale du XVIIIe siècle selon laquelle l'oisiveté est ce qui entrave la volonté, «amollit» et «féminise», c'est-à-dire affaiblit. Avant la fin du XVIIIe, les physiocrates défendent la nécessité d'une unité de la nation, seule à même de favoriser une circulation constante des travailleurs, des biens et des richesses. La France, est, en effet, encore constituée de coutumes diversifiées, la législation et le droit n'y sont pas unifiés : cette absence d'unité, ces coutumes nombreuses et variées qui engendrent impôts et taxes entravent la circulation des biens. Chaque pays, la Normandie, la Franche-Comté, etc., présente des juridictions et des économies différentes qui empêchent la nation de devenir prospère. L'école des physiocrates, qui souhaite dépasser cet état de parcellisation, connaît un essor important et prépare le XIXe siècle. Ces «économistes» avant l'heure défendent également l'idée que le commerce apportera la paix et une entente fraternelle par-delà les frontières : on aspire ainsi à un progrès vers le bien de l'humanité, même si les hommes des Lumières sont parfois aussi tirés en arrière par leur passé ; dans une même page, Voltaire peut à la fois dénoncer l'injustice et l'intolérance, dont sont victimes la famille Calas ou le chevalier de La Barre exécuté pour avoir blasphémé, et comparer le peuple à un animal. L'*Encyclopédie*, dirigée par Diderot, est remplie de semblables contradictions.

– *Peut-on dire que les hommes du XVIIIe siècle, et pas seulement les révolutionnaires, aspirent à plus de plaisir et cherchent dans la consommation leur bien-être ?*

– La majeure partie de la population tente avant tout de survivre et est maintenue dans une dépendance économique, sociale et politique extrêmement grande. Le

peuple ne peut voir dans la consommation une possibilité d'être heureux pour la simple raison qu'il ne peut
accéder à la consommation. Il faut, en effet, se représenter une population physiquement abîmée, estropiée,
usée et tenir compte des vingt mille enfants abandonnés
par an, ainsi que de l'importance de la mendicité (plus
du tiers de la population est mendiante). Le bonheur est
donc dans la survie. Mais l'on ressent également, à la
lecture des archives de cette époque, un insatiable désir
des couches populaires d'exister, d'avoir une « figure »,
un visage, un être propre, libre. Et ce peuple représente
tout de même les neuf dixièmes de la population de
Paris. Il faut mentionner aussi une volonté très vive de
vivre la sociabilité du voisinage, d'être de plain-pied
inséré dans une vie de quartier.

Une idée neuve en Europe

Les hommes naissent libres et égaux entre eux. Heureux? La Révolution française veut instaurer une société plus juste et donc plus à même de proposer à tous, pauvres et nobles, une part de bonheur.

Le droit d'exister

– «*Le bonheur est une idée neuve en Europe*», affirme Saint-Just…

– C'est l'idée qu'ont défendue les révolutionnaires. Saint-Just entend instaurer le bonheur dans un monde réel, l'incarner dans des principes égalitaires où justice et vertu se donnent la main. Dans l'esprit révolutionnaire, le non-assujettissement à un monarque est déjà une avancée vers le bonheur, et le peuple, désormais souverain, devient sujet de lui-même, ce qui diminue bien des occasions de malheur ou d'injustice. «Le bonheur est une idée neuve», dit Saint-Just, parce qu'il sait qu'auparavant, sous l'Ancien Régime, toute situation sociale ou économique se heurtait au bon vouloir du roi, puis aux droits coutumiers et aux volontés des seigneurs. Avoir renversé le roi dessine pour les hommes et les femmes un bonheur possible, susceptible de s'inscrire dans la vie de tous les jours.

– *Peut-on dire que la Révolution française a été guidée par l'idée d'instaurer le bonheur sur terre ?*

– L'idée du bonheur, pour la plus grande partie de la population au XVIIIe siècle, réside dans l'égalité et dans le fait d'exister non pas comme un être sans volonté face au souverain, mais comme un véritable sujet, indépendant du roi. C'est à cette sujétion que les hommes entendent mettre fin dès les années 1750. Les pauvres comme les artisans souhaitent pouvoir exprimer leur opinion et porter un jugement : le bonheur est donc avant tout dans cette volonté d'exister, de penser – et même de penser contre le roi et les lois, ce qui auparavant était blasphématoire et sacrilège.

– *Est-ce cette volonté-là qui a conduit les hommes à l'assaut de la Bastille ?*

– C'est une volonté qui va, à tout le moins, progressivement les éloigner du roi, et entraîner une séparation avec lui. Toute l'histoire du XVIIIe est traversée par la recherche d'un bonheur intellectuel, qui est aussi bien celui des lectures, des découvertes, astronomiques ou scientifiques, que celui des raisonnements philosophiques et politiques. Cependant le peuple, pour sa part, doit lutter pour obtenir la possibilité de penser et de penser librement. Le bonheur est ainsi une certaine idée de la liberté et de l'égalité, mais la fraternité n'est pas encore pensée : les hommes sont nés libres et égaux en droit, mais ne sont pas nécessairement déclarés frères. Ce bonheur passe par un combat, non contre la noblesse, mais contre la police et la monarchie. Les affrontements ne sont toutefois jamais directs, excepté lors des émeutes et des famines. Malgré tout, c'est devant la police que les hommes des Lumières régleront leurs comptes.

– *Leurs revendications les opposent davantage à la police qu'à l'Église ?*

– En effet, même si, de nos jours, on s'accorde à attribuer des origines religieuses à la Révolution. Dans les années 1750, l'Église se scinde entre le parti de Rome, lié à la monarchie, et les prêtres jansénistes, proches des couches pauvres et populaires – alors que le premier jansénisme fut plutôt aristocratique. Les paroisses dans lesquelles leur présence est la plus importante sont les paroisses les plus pauvres de Paris, comme celles de Maubert-Mutualité, de Saint-Germain-l'Auxerrois, ou de Saint-Jacques-du-Haut-Pas, à proximité du Val-de-Grâce. Le jansénisme se met ainsi au service du peuple, en s'opposant à la monarchie et au pape : les sacrements que ces prêtres administrent, notamment celui de l'extrême-onction, ne sont pas jugés valides par Rome. Or cette condamnation provoque un scandale et certains historiens vont jusqu'à voir dans cet événement l'une des causes de la Révolution. Refuser les derniers sacrements équivaut, en effet, à priver une âme de sa dignité, de son repos, de son salut. Cet événement, en apparence religieux, va conduire le peuple à se détacher de la monarchie : le roi, dit-on, n'a aucun pouvoir sur les âmes et ne peut décider de leur salut. Il s'agit bien là pour les classes populaires d'une nouvelle conception du bonheur : il revient désormais aux hommes de veiller à leur salut, sans qu'aucun ordre venu d'en haut leur soit imposé. Les individus aspirent au droit de penser par eux-mêmes, y compris à l'encontre des ordonnances d'un roi qui est pourtant, sur terre, le représentant de Dieu, le lieutenant du Christ. Cette quête du bonheur dessine l'espace d'une «opinion publique», c'est-à-dire d'un droit et d'une capacité à penser par soi-même, et à disposer librement de soi – le roi n'ayant pas à interférer dans les espérances, les esprits et le bonheur des hommes. Le souverain fournit certes le pain et le travail, mais il ne doit pas guider les consciences.

– *Cette aspiration au droit à exister et à penser devait-elle inexorablement conduire à la Révolution?*

– Contrairement aux thèses que soutiennent certains historiens, la Révolution était absolument imprévisible : même le 13 juillet, personne ne pouvait prévoir une prise de la Bastille le 14. La Révolution était inattendue dans les formes qu'elle a prises, mais ce qui l'a précipitée est bien assurément la fuite à Varennes. En effet, lorsque Louis XVI part pour Varennes, c'est le bonheur de tout un peuple qui s'enfuit, le père qui abandonne ses enfants, la justice qui n'est plus respectée ni rendue, puisque le roi a déserté. Si le monarque, à l'instar de Dieu, est bien celui qui doit assurer la protection comme le bonheur de son peuple, en s'enfuyant, c'est ce bonheur même qu'il bafoue. Il peut y avoir d'autres explications aux événements révolutionnaires, mais Varennes représente le traumatisme d'une nation. Un roi qui part pour l'étranger est un roi qui manque à son devoir, à sa fonction et qui est en contradiction avec lui-même, sa vertu et son honneur, sa place après Dieu. À partir de ce moment, l'idée qu'il faut intenter un procès au souverain gagne les consciences. La scène de l'arrestation à Varennes est très significative : le roi est reconnu à partir de son effigie qui figure sur les pièces de monnaie. Or l'argent symbolise aussi l'impôt et la puissance, c'est-à-dire l'assujettissement au roi, qui est comme un père, un représentant de Dieu sur terre – même s'il n'est pas aimé. Les discours des révolutionnaires porteront l'empreinte de cette volonté de reconstruire un bonheur pour le peuple, indépendant de la monarchie et du roi, mais conforme aux vertus héroïques de la fraternité et de la justice, respectueux du bien commun et du partage des richesses. Un tel bonheur réclame nécessairement l'abolition des privilèges et le refus des droits seigneuriaux jugés exorbitants et arbitraires.

– *La Révolution marque l'an I du bonheur...*

– Oui, si l'on précise bien qu'il s'agit d'un bonheur souhaité, voire rêvé, idéalisé. Je ne connais aucun autre moment dans l'Histoire où il existe une telle unanimité à vouloir instaurer le bonheur pour toute une société, même s'il y eut, durant la période révolutionnaire, des approximations, des erreurs et des injustices et des moments de Terreur. Il est devenu possible et légitime d'imaginer un bonheur terrestre. Toutes proportions gardées, je ne vois que l'épisode de la Résistance, au XXe siècle, qui ait possédé la même force de conviction et qui ait témoigné d'une semblable emprise sur l'Histoire. Les révolutionnaires ont éminemment conscience d'écrire et de faire l'Histoire, d'instaurer l'égalité et la liberté, de mettre fin à la société seigneuriale et à l'arbitraire royal. Les justices seigneuriales étaient, en réalité, vécues comme des injustices, un ensemble de passe-droits, et l'idéal de bonheur tel que le formulent les révolutionnaires entraîne nécessairement la disparition de ces privilèges pour établir l'égalité entre les citoyens, pour œuvrer dans l'intérêt du bien public et pour se conformer à ce qu'exige la Vertu, celle que prônent Saint-Just et Robespierre. Les révolutionnaires ont une très haute idée de la vertu ; c'est pourquoi aussi ils condamnent l'aristocrate qui représente, selon eux, la débauche et la licence. Ainsi peut-on mieux comprendre les pamphlets contre Marie-Antoinette, qui devient l'emblème de la luxure et du vice. Le bonheur des révolutionnaires ne va pas sans la vertu ou la morale : Robespierre et Saint-Just sont, en ce sens, des moralistes.

La tyrannie du bonheur

– Cette idée d'un bonheur que l'on ne peut pas dissocier de la vertu ne conduit-elle pas à la Terreur ?

– Deux interprétations du fait révolutionnaire coexistent dans la discipline historique : ou bien il faut soutenir que la Révolution, dès le 14 juillet 1789, portait en germe la Terreur, ou bien il faut simplement constater que la Révolution a été suivie par l'épisode de la Terreur – ce qui est différent. De fait, les révolutionnaires sont des hommes qui ont été façonnés par la société de l'Ancien Régime ; ce sont de grands bourgeois, voire des aristocrates, dont la conception du pouvoir est héritée de l'Ancien Régime, et c'est sur cette question précise qu'ils s'affrontent : Jacobins, Girondins, Montagnards défendent des positions antagonistes. Robespierre et Saint-Just soutiennent, pour leur part, qu'il faut éliminer l'injuste afin que tout devienne juste. Dès lors, il est impossible d'accorder la moindre place aux « ennemis du bonheur ». Il s'agit là d'une sorte de tyrannie du bonheur, au nom de la vertu. Mais cette tyrannie ne se profile pas totalement derrière les événements du 14 Juillet : le peuple de Paris n'a sans doute pas souhaité la Terreur. Cette dernière a été provoquée par des conflits de pouvoir et d'idéologie. Mais il reste que c'est au nom d'un bonheur indissociable de la vertu que l'on aboutit à cette volonté de faire «table rase» du passé, d'éliminer l'injuste et le méchant. Cela revient à une forme de puritanisme, motivé par la volonté d'instaurer le bonheur envers et contre tout.

– Les hommes de la Révolution n'étaient-ils pas des bourgeois qui aspiraient à un bonheur jusqu'alors réservé aux aristocrates ?

– Les historiens ont, en effet, soutenu que 1789 était une Révolution non pas populaire mais bourgeoise. Cependant les révolutionnaires sont aussi tumultueux, imprévisibles que l'est le peuple : Danton est d'origine populaire, son père est mercier. Le bonheur que les hommes de 1789 dessinent est le bonheur du grand marchand, celui du grand artisan, soucieux d'amasser, d'épargner et de limiter la dépense, de se maintenir dans le moyen, le «médiocre». Son bonheur est celui de la vertu économique, qui est une vertu triste, mathématique, rationnelle. L'artisan entretient en même temps un complexe d'infériorité envers les nobles, dont il envie la jouissance, le somptuaire et la dépense. Il se fige dans cette rancœur et cette frustration, et construit son bonheur dans l'amertume. On peut voir là l'annonce des personnages de Balzac, qui envient le faste mais qui vivent dans l'économie, «chichement». La morale de ces hommes est de limiter la dépense et l'imaginaire : leur plaisir est dans l'économie et non dans le romanesque ou le marivaudage. En cela, les grands marchands éco-

nomes sont les dignes successeurs des grands dévots du
XVIIᵉ siècle.

– *A-t-on peu à peu perdu cette « douceur » de vivre
qui caractérise le XVIIIᵉ siècle ?*

– Le XIXᵉ était un siècle assez dur, sombre, même si
l'on assiste à une forme très particulière d'émancipation
du prolétariat et à l'arrivée d'un certain féminisme. Cette
époque développait également une obsession de l'hy-
giène, de la propreté, de la santé : ce fut un siècle morali-
sateur et inquiet. Quelque chose de l'ordre de la ferveur,
de la vie du corps et des sens se perdait peu à peu. Le
XVIIIᵉ siècle était tumultueux, violent, et l'on risquait parfois sa vie à descendre dans la rue le soir ou à simplement circuler, mais il y avait une intense activité des
corps, du bruit en permanence, des chevaux, des bœufs,
des chats, des chiens partout, des cris, de la fièvre, de
l'ébriété, des gestes et des élans… Nous vivons à présent dans un autre contexte corporel et physique : notre
corps est moins sollicité ou en tout cas autrement, il est
peut-être plus heureux parce que mieux soigné. Mais,
dans ce processus de civilisation des mœurs, cher à Nor-
bert Elias, nous avons un peu perdu le sens du charnel
collectif, nous avons oublié ce que signifie la promiscuité, l'échange permanent, la vie ensemble, certes
pesante mais chaleureuse. Nous avons gagné une démocratie réelle, mais le spectre de la technocratie et de l'in-
différence est apparu.

Le bonheur au présent

Que reste-t-il des Lumières ?

– Que reste-t-il de cette idée neuve, de ce bonheur public inventé par le XVIIIᵉ siècle ? Ne considérons-nous pas de nos jours le bonheur comme une affaire personnelle, absolument privée ?

– **Arlette Farge :** Pour la plupart d'entre nous, le bonheur est effectivement avant tout une affaire privée : avoir un appartement, des enfants, faire carrière, etc. Nous avons parfois perdu le langage d'un bonheur public et les mots pour le réclamer, sauf peut-être actuellement, où notre société lutte pour qu'un horizon public européen ou même mondial propose une égalité de chance pour tous. Or les hommes du XVIIIᵉ siècle avaient inventé des mots pour cela, mettant fin à leur privation d'égalité et de liberté.

Le XVIIIᵉ est également un siècle fascinant par sa curiosité, sa volonté de savoir : nous avons aussi perdu, me semble-t-il, cette curiosité publique parce que sous nos yeux, chaque soir, un déferlement d'images fait que nous sommes saturés, voire résignés. L'immense curiosité du XVIIIᵉ siècle, partagée par toutes les classes sociales, faisait que l'on parlait de tout, qu'on voulait tout inventer,

149

chacun à son niveau et à son degré d'information et de richesse. Le bonheur résidait en partie dans ce plaisir de l'échange, dans ce jeu de la séduction, de l'attirance, et le festif était dans la rue comme dans les salons. J'ajouterais enfin que nous avons perdu l'expression et le langage de la sensualité des corps, des gestes, la ferveur, l'expressivité. De façon générale, nous avons perdu quelque chose de la relation à l'autre – qu'elle soit douce ou violente – et de la participation à la vie publique ou politique. En même temps, et c'est un espoir, nous nous en apercevons et nous en souffrons. Il pourra donc en être autrement.

Que reste-t-il du paradis ?

– Notre société contemporaine ne semble plus croire au bonheur éternel : dans un récent sondage mené parmi les chrétiens pratiquants, on a pu constater un recul de la foi en la résurrection. Cela signe-t-il la fin de la croyance en un paradis ?

– **Jean Delumeau :** Il existe une incompatibilité entre se déclarer chrétien et ne pas croire en la résurrection de Jésus, et en celle des humains grâce à la résurrection du Christ : la foi chrétienne consiste, en effet, à croire en un au-delà qui nous est ouvert par la résurrection du Sauveur. C'est ce qu'a fréquemment représenté l'iconographie byzantine, à travers l'*anastasis*, c'est-à-dire, comme nous l'avons vu, la descente de Jésus au séjour des morts pour conduire l'humanité vers le bonheur éternel. Telle fut la mission du «Rédempteur» qui nous a sauvés de la mort et de tout ce qui nous éloigne de l'amour, c'est-à-dire de Dieu.

– Cet effacement de la foi en l'au-delà ne s'explique-t-elle pas par le désir toujours plus pressant, y compris chez les chrétiens, d'un bonheur ici et maintenant ?

– Depuis une cinquantaine d'années, dans les pays occidentaux, les progrès de la science et de la technique ont ouvert des possibilités de confort, de transports, de bien-être qui n'avaient jamais encore existé dans l'histoire humaine : aussi avons-nous des possibilités d'être heureux que n'avaient pas nos prédécesseurs. Nous avons rompu avec le fatalisme des générations précédentes et refusé la résignation aux malheurs. L'allongement de la durée de vie en Occident explique l'importance que l'on accorde désormais à la vie et au bonheur terrestres. Nos attentes et nos exigences de bonheur concret nous détournent effectivement des préoccupations concernant l'au-delà. Nous vivons ainsi dans une sorte d'illusion de vie éternelle. La mort nous rattrape toujours, mais nous passons notre vie à éviter d'y penser. La mort a déserté nos sociétés : elle est toujours, même pour les croyants, pour plus tard et pour les autres. Plus la peur et l'inconfort diminuent, plus l'idée d'un paradis et d'un bonheur dans l'au-delà s'éloignent aussi. Dans les périodes de peur, dans les moments sombres de l'histoire, où la vie était pénible et misérable, le paradis, l'espérance d'un bonheur éternel dans l'au-delà constituaient une sorte de contrepoison. Maintenant que la vie est matériellement plus facile, l'image de ce paradis s'efface. Parce que nous avons en abondance les moyens matériels de profiter de la vie, nous attachons beaucoup plus d'importance à la destinée terrestre et reculons toujours le moment de penser à la mort.

– Est-ce que la croyance en un bonheur dans l'au-delà a encore un sens pour nos contemporains préoccupés par un bonheur uniquement conçu comme réalisation de soi ?

– Il est légitime et souhaitable de chercher à se «réaliser» au maximum, à condition toutefois que cela ne se fasse pas au détriment de l'autre. Cependant, tout homme, au terme de ses jours, se rend compte qu'il n'a réalisé qu'une partie de ses volontés et de ses rêves : l'accomplissement total de soi est chose impossible. C'est un idéal de bonheur qui ne pourra jamais être réalisé sur terre. Certes, il existe des vies plus «réussies» que d'autres, mais qu'on puisse affirmer à la fin de sa vie : «J'ai réussi tout ce que je voulais entreprendre, j'ai eu tout le bonheur que je pouvais souhaiter» est un constat que personne ne peut faire. Il existe toujours sur terre un écart irréductible entre le désir et la réalité : nous désirons plus que nous ne pouvons atteindre. D'où, pour tout croyant, l'aspiration à un au-delà du bonheur terrestre. L'insatisfaction nous est fondamentale : elle explique toute notre vie.

– Job, le malheureux de la Bible, déclare : « Et quand j'espérais le bonheur, c'est le malheur qui survint/ Je m'attendais à la lumière […] l'ombre est venue » (Jb 30,23). N'est-ce pas l'idée que le bonheur n'est jamais pour demain ?

– Il existe de nombreux textes de la Bible, notamment dans Job ou l'Ecclésiaste, sur la fragilité de la vie humaine. Toutefois, Job ne croyait pas en la résurrection. Cette croyance, nous l'avons vu, a été tardive dans le judaïsme. Job n'espérait pas une récompense définitive, en un «ailleurs», au-delà du temps. Après les épreuves et les malheurs, c'est sur cette terre qu'il entendait retrouver ses biens.

– L'effacement du paradis ne s'accompagne-t-il pas d'un effacement de l'espérance ?

– En perdant l'espérance, on perd le sens de la vie : si elle est malheureuse, elle aboutit au néant et l'on est réduit à se demander : «À quoi bon vivre ?» «La vie est le cabaret du néant», a affirmé le poète Léon-Paul Fargue. La philosophie contemporaine, notamment avec Heidegger, a défini l'homme comme un être pour la mort et fait de l'acceptation de la mort l'attitude humaine la plus authentique. Pour le chrétien, au contraire, la mort, si difficile qu'elle soit, est passage vers un au-delà de joie.

– Cette croyance ne fait-elle pas de la religion une consolation ?

– La religion n'a pas «inventé» le paradis pour nous consoler des malheurs de la vie. Je crois, au contraire, qu'il existe en nous une aspiration à l'éternel, un appel à une «divinisation». L'espérance en un au-delà du bonheur est peut-être une consolation mais, plus encore, une conviction, selon laquelle le difficile pèlerinage ici-bas conduit à la lumière de l'au-delà. Cette foi donne un sens à notre présence sur terre, une clé pour comprendre nos propres actes et relire notre passé. L'homme n'est pas sur terre par hasard, même s'il est le produit de l'évolution. Pourtant, de nos jours, beaucoup aspirent à un bonheur immédiat sans espérance, qui aboutit le plus souvent à la désillusion, au découragement et au sentiment d'être en route vers le néant. Ce désir d'un bonheur sans espérance me paraît une attitude sans avenir et le signe du désarroi de nos sociétés contemporaines. Profiter de la vie au maximum, ici et maintenant, revient, en définitive, à faire de la vie « le cabaret du néant ». Car rien dans notre présent ni dans notre passé ne nous permet d'imaginer une vie terrestre qui ne soit pas traversée par la maladie et la souffrance. Alors, ou bien tout cela n'a aucun sens ou bien le sens se trouve au-delà de la mort, et il éclaire dès maintenant nos joies et nos peines d'ici-bas.

Que reste-t-il de la sagesse antique ?

– L'utopie des Lumières a du plomb dans l'aile, le paradis aussi. On en revient donc aujourd'hui à la philosophie. Vouloir être heureux, n'est-ce pas nécessairement vouloir que le bonheur dure toujours ?

– **André Comte-Sponville :** Si c'était le cas, ce serait vouloir l'impossible ! Nous souffrons, nous mourons… Comment le bonheur pourrait-il durer toujours ? Il faut renoncer à la permanence du bonheur, à sa pérennité, et profiter de sa présence lorsqu'il est là : c'est déjà un bonheur que de se réveiller le matin en sentant que la joie est immédiatement possible. C'est aussi ce que nous apprend le « travail du deuil », chez Freud. Vous avez perdu celui ou celle que vous aimiez plus que tout au monde : la joie vous paraît définitivement impossible, vous avez le sentiment que plus jamais vous ne serez heureux… Et voilà que six mois ou deux ans plus tard, vous découvrez que la joie est redevenue possible, qu'il lui arrive, même, d'être réelle… Ce moment où la joie devient à nouveau possible témoigne que le travail du deuil est accompli, en tout cas qu'il est en bonne voie, que le bonheur lentement renaît… Le deuil vient de la tristesse, mais mène à la joie. C'est pourquoi il est nécessaire. Dès lors que nous sommes mortels, il n'y a pas de bonheur sans acceptation de notre propre mort, et de celle des autres. C'est la sagesse de Montaigne : « Tout contentement des mortels est mortel. » Tout bonheur aussi.

– *Être heureux, ce serait ainsi se réjouir d'un bon moment, d'une « bonne heure » ?*

– Attention de ne pas réduire le bonheur aux « petits bonheurs », aux petits plaisirs, aux petites satisfactions ! Il est vrai que, pour être heureux, il faut renoncer à l'éternité du bonheur, du moins au sens où l'éternité serait une durée infinie. Cette durée infinie ne peut être que la somme d'un passé et d'un avenir, autrement dit de deux néants. Autant dire qu'elle n'existe que pour l'imagination. Le passé n'est pas, montre saint Augustin, puisqu'il n'est plus ; l'avenir n'est pas, puisqu'il n'est pas encore. Comment leur somme pourrait-elle être ? La seule chose qui existe, c'est le présent, qui dure, certes, puisqu'il continue, mais qui n'est pas une durée assignable, ni un laps de temps. Car combien de temps pourrait durer le présent ? Une heure ? Bien sûr que non ! Pour toute heure en train de s'écouler, une partie est passée, l'autre est à venir, et rien n'est présent, de cette heure en cours, que l'instant actuel et sans durée qui sépare ce passé de cet avenir. Une seconde ? Non plus : de cette seconde en cours, une partie (par exemple trente centièmes) est passée, une autre (soixante-dix centièmes) est à venir. Le présent ? Il est entre le trentième centième de seconde et le trente et unième. Mais, entre ces deux centièmes de seconde, il n'y a rien, en tout cas aucun laps de temps : le présent est ce rien de temps, qui est le tout du réel. Il n'est pas un laps de temps, mais il est la réalité du temps. Non une durée, mais la présence de ce qui dure. C'est ce qu'on peut appeler l'éternité, mais en un tout autre sens : non une durée infinie (la somme d'un passé et d'un avenir), mais un présent sans durée, qui reste présent. L'être en acte : l'acte d'être. Non comme substance, mais comme devenir. Non comme substantif, mais comme verbe. C'est le présent même. Nous ne vivons que du présent, et le présent ne cesse de changer, donc aussi de continuer. Hier ? Cela n'est plus. Demain ? Cela n'est pas encore. Il n'y a que le présent. C'est toujours aujourd'hui. C'est toujours maintenant. Le présent est notre lieu, et le seul : nous sommes déjà dans l'éternité. Le plus souvent, nous ne nous en rendons pas compte. Nous sommes habités par le manque du passé (le regret, la nostalgie) ou de l'avenir (l'espérance). Le néant nous tient, parce que nous tenons à lui. Mais il arrive, de cette éternité actuelle, que nous fassions l'expérience, que « nous sentions et expérimentions, comme dit Spinoza, que nous sommes éternels » (non pas que nous le serons, après la mort, mais que nous le sommes ici et maintenant). Et la joie est là ! Et la plénitude est là ! Cette expérience de la joie dans sa dimension d'éternité mérite un autre nom que celui de bonheur ; c'est ce qu'on peut appeler, avec Spinoza, la béatitude. La béatitude n'est pas la satisfaction de tous nos désirs, ni une joie immuable (ce n'est pas la félicité). Elle est la dimension d'éternité du bonheur, qui est aussi sa dimension de vérité : être heureux non plus dans l'imagination d'une joie possible, mais dans l'expérience vraie (et éternelle en cela : la vérité l'est toujours) d'une joie actuelle. Cette expérience relève de la mystique, si vous voulez, en tout cas de la vie spirituelle, mais non de la religion : c'est une façon d'habiter l'éternel présent.

– *Il y a donc plusieurs bonheurs ?*

– Bien sûr ! Il y en a même une infinité : autant que d'individus et d'instants heureux… Mais, pour résumer et pour y voir plus clair, on peut distinguer trois types principaux de bonheur, ou trois façons de le penser. La première, c'est de le penser comme une joie immuable et constante, qui résulterait par exemple de la satisfaction de tous nos désirs : c'est ce que j'appelle la *félicité*. Idéal de l'imagination, comme disait Kant, non de la raison. Le seul rapport vrai que nous puissions avoir à ce bonheur est de cesser d'y croire : nous ne connaîtrons jamais la félicité, du moins dans cette vie, et nous ne serons heureux, ici-bas, qu'à la condition d'y renoncer.

La seconde conception du bonheur est relative : on est *plus ou moins* heureux (dès lors qu'on n'est pas malheureux), ou *à peu près* heureux (donc heureux) chaque fois que la joie nous paraît immédiatement possible, et d'autant plus qu'elle paraît plus proche, plus facile ou plus fréquente. C'est le *bonheur* au sens ordinaire du mot.

Enfin, il y a le bonheur du sage, que j'appelle la *béatitude*, qui est un bonheur actuel, vécu en vérité (et non dans l'imagination d'une joie), donc en éternité (et non plus dans la somme, nécessairement imaginaire, d'un passé et d'un avenir). Nous ne sommes pas éternels : nous ne cessons de changer, de vieillir, et nous allons mourir. Mais nous pouvons connaître, ici et maintenant, des moments d'éternité. Nous ne sommes pas des sages. Mais nous avons nos moments de sagesse. Celui qui a « senti et expérimenté » cette béatitude (cela fait comme une éternité heureuse, comme une joie éternelle), il ne l'oubliera pas. Cela ne l'empêchera pas de mourir, au bout du compte. Mais sa mort ne l'empêchera pas davantage d'*avoir été* éternel.

– Cela veut-il dire qu'il nous faut nous défaire de tous nos désirs ? Le bonheur est-il un combat contre le désir ?

– Surtout pas ! Si le désir est l'essence même de l'homme, comme le dit Spinoza et comme je le crois, nous ne pourrions nous défaire de tous nos désirs qu'en nous défaisant de notre humanité, et même de notre animalité – qu'en devenant un cadavre ou un dieu ! Très peu pour moi ! Il ne s'agit pas du tout d'éradiquer le désir, mais de désirer autrement. Le désir peut être pensé et vécu de deux façons différentes, selon Platon ou selon Spinoza. Pour Platon, le désir est manque. Vous ne désirez que ce que vous n'avez pas. Vous n'êtes donc jamais heureux, puisque être heureux c'est avoir ce que l'on désire. Si on ne désire que ce qu'on n'a pas (puisque le désir est manque), on n'a jamais, par définition, ce qu'on désire. Cela ne signifie pas qu'aucun désir ne soit jamais satisfait, mais que, dès lors qu'un désir est satisfait, il s'abolit en tant que désir (il n'y a plus de manque, puisqu'il est satisfait, donc plus de désir, puisque le désir est manque). Vous n'avez donc jamais ce que vous *désirez*, au présent, mais tout au plus ce que vous *désiriez*, au passé. Or, être heureux, ce n'est pas avoir ce qu'on *désirait*, mais ce qu'on *désire* : vous n'êtes donc jamais heureux. Bref, dans la mesure où le désir est manque, le bonheur, nécessairement, est manqué : on ne peut jamais le vivre, on ne peut que l'espérer.

– Il s'agit donc de vivre ses désirs autrement.

– Oui. Il est possible de penser – et de vivre – le désir autrement : non plus selon Platon, mais selon Spinoza. Pour Spinoza, le désir n'est pas manque mais puissance, au sens où l'on parle de la puissance sexuelle ou de l'appétit. La puissance sexuelle, ce n'est pas désirer ce qui manque (cela, c'est la frustration), mais, au contraire, la capacité de jouir de celui ou celle qui ne manque pas, qui est là, qui se donne. Avoir bon appétit, ce n'est pas manquer de nourriture (avoir faim), c'est avoir la puissance de jouir de la nourriture qui ne manque pas. Au début du repas, vous souhaitez à vos convives, non pas *bonne faim* (« je te souhaite de bien manquer de nourriture ! »), mais *bon appétit* : « Tu vois, la nourriture ne manque pas, j'ai prévu large, je te souhaite d'avoir la puissance de jouir de cette nourriture qui est là. » Il ne s'agit pas de supprimer ses désirs, mais de les transformer – de passer du désir de ce qui manque au désir de ce qui ne manque pas, autrement dit au désir de ce qui est. Désirer ce qui n'est pas, c'est espérer ; désirer ce qui est, c'est aimer. Il s'agit donc d'espérer un peu moins, et d'aimer un peu plus.

– Cela voudrait dire transformer le désir en plaisir, parce que finalement l'appétit ou la jouissance, c'est un plaisir…

– Oui, c'est vivre le désir comme un plaisir ! Là encore l'expérience érotique est la plus claire. Celui qui croit que le désir sexuel est désir d'orgasme (lequel abolit provisoirement le désir) n'a pas compris ce qui fait la richesse et le plaisir de nos vies érotiques. S'il ne s'agissait que d'aller à l'orgasme par le plus court chemin, la masturbation suffirait et serait plus efficace. Mais qui voudrait s'en contenter ? L'érotisme, c'est tout le contraire. Non pas aller au plaisir par le plus court chemin, mais prendre plaisir au chemin lui-même, et tant mieux s'il est long ! Non pas abolir le désir, mais le cultiver, le développer, le faire durer et renaître. C'est ce qu'on appelle *faire l'amour*, non ? Ce que nous vivons, dans l'acte d'amour, c'est précisément un *acte* : ce n'est ni un état ni un avoir, mais la joie du désir en acte, redoublé par le désir de l'autre. Il s'agit moins de transformer le désir en plaisir que de jouir du désir lui-même. C'est une leçon, pour toute notre existence. Le bonheur n'est rien d'autre que « l'amour réalisé du désir demeuré désir » – pour reprendre une expression de René Char à propos de la poésie. Le désir, alors, n'est plus manque de son objet (qui a jamais manqué d'un poème ?), mais puissance de jouir et de se réjouir de cet objet – puissance d'aimer.

– *L'espérance, pour sa part, est-elle toujours l'expérience d'un manque ?*

– L'espérance est un désir, mais tout désir n'est pas une espérance. Quelles sont, dans le champ général du désir, les caractéristiques de l'espérance ? J'en vois trois. La première, c'est en effet qu'on ne peut espérer, par définition, que ce qu'on n'a pas : l'espérance est un désir qui manque de son objet (espérer, c'est désirer sans jouir). La deuxième, c'est que l'espérance est un désir dont la satisfaction ne dépend pas de nous. C'est ce qui distingue l'espérance de la volonté : espérer, c'est désirer sans pouvoir. Enfin, troisième caractéristique, l'espérance est un désir dont on ignore s'il est ou s'il sera satisfait : espérer, c'est désirer sans savoir. Cela dit à la fois la force de l'espérance (elle est aussi forte que nous sommes faibles : chaque fois que nous manquons de plaisir, de puissance ou de savoir, l'espérance est là, inévitablement) et sa faiblesse (qui ne fait qu'exprimer la nôtre : chaque fois que l'espérance est là, le plaisir, la volonté et la connaissance n'y sont pas). Les stoïciens avaient raison, qui voyaient dans l'espérance une passion, non une vertu. Spinoza avait raison, qui ne voyait dans l'espérance qu'un « manque de connaissance » et comme « une impuissance de l'âme », dont il importe de se libérer, le plus qu'on peut. La volonté vaut mieux. La connaissance vaut mieux. L'amour vaut mieux.

– Ne peut-on cependant considérer l'espérance comme la réalisation du désir, comme l'expérience d'une plénitude ?

– Pour reprendre l'exemple de l'expérience érotique, je ne vois pas quelle espérance elle peut comporter : ce qu'il y a de fort, dans l'expérience érotique, c'est au contraire qu'elle ne laisse rien à espérer. De même, lorsque je lis un poème, je n'espère rien, je suis tout simplement comblé par ce poème : « Le beau, disait Paul Valéry, c'est ce qui désespère. » Cela vaut, plus généralement, pour tout ce qui nous comble. Mes moments de bonheur, ce ne sont pas des moments où j'espère plus fortement que d'habitude, mais des moments où je me réjouis de ce qui est, au point parfois – ce sont les plus beaux moments de la vie – de ne rien espérer d'autre. Je n'espère même pas la continuation de ce bonheur – car sinon, comme il n'y a pas d'espoir sans crainte, je serais immédiatement dans l'angoisse qu'il ne cesse, donc chassé du bonheur. À l'inverse, les moments d'espérance folle peuvent être des moments d'extrême souffrance, précisément parce qu'il n'existe pas d'espoir sans crainte. Pensez aux parents dont les enfants sont gravement malades : ils espèrent d'autant plus leur guérison qu'ils craignent davantage leur mort, et n'en sont que plus malheureux. Vous allez me dire que cela vaut mieux qu'un enfant mort… Bien sûr : mieux vaut la crainte que l'horreur. Mais, d'une part, mieux vaut un enfant en bonne santé (dont il n'y a pas à espérer qu'il guérisse, mais seulement qu'il continue à se bien porter : espérance plus douce, parce que la crainte est plus faible). D'autre part la mort, lorsqu'elle advient, supprime la crainte en même temps que l'espérance, permettant ainsi le travail du deuil. Ce que je peux imaginer de pire, ce sont ces parents dont les enfants ont disparu depuis des années, sans qu'on sache s'ils sont morts ou vivants : là, aucun deuil n'est possible ; les parents sont voués à l'espoir et à la crainte, indéfiniment. Quoi de plus atroce ? Quoi de plus contraire au bonheur ? Dans la mesure où le bonheur suppose l'absence de crainte, il suppose aussi, par là même, l'absence d'espérance. Cela ne veut pas dire que le bonheur implique la mélancolie ou la dépression, mais qu'il va de pair avec une espèce de désespoir serein, ou d'inespoir. Seul celui qui n'espère rien est pleinement heureux ; seul celui qui est pleinement heureux n'a plus rien à espérer.

– *Vous vous opposez donc nettement à la foi qui implique l'espérance…*

– Je vous l'ai dit : je suis athée, et je pense, avec Pascal, avec Kant, qu'un athée lucide ne peut échapper au désespoir. J'essaie donc de penser un bonheur qui n'ait pas besoin d'espérance. Cela ne veut pas dire qu'un croyant ne puisse être heureux. Il peut l'être d'autant plus, diront certains, qu'il espère une autre vie (« une éternité de bonheur infini », disait Pascal) après la mort.

Toutefois, l'espérer ne garantit pas qu'on l'obtiendra. Celui qui serait certain d'aller au paradis, il pécherait par orgueil : de cela, Dieu seul, s'il existe, peut décider, et l'on sait que ses voies sont impénétrables… Contre l'optimisme théologique de beaucoup de nos contemporains (qui croient au paradis, mais plus à l'enfer : on gagne à tous les coups !), Pascal rappelle, avec toute la tradition chrétienne, que le paradis n'est pas garanti, que tous ne seront pas sauvés, et que cela ne dépend pas seulement ni d'abord de nous, mais de Dieu et de sa grâce. Or, si vous espérez le paradis, dirait Spinoza, vous avez peur de ne pas l'atteindre. Voilà toute votre vie hantée par la peur de la damnation. Est-ce encore un bonheur ? Au reste, si le bonheur, c'est la vie en Dieu, alors nous n'aurons de bonheur complet qu'après la mort ; ce que nous avons, ici-bas, ce n'est que l'espérance de ce bonheur, mêlée de la crainte de ne l'avoir pas. Je vous renvoie à Pascal. C'est un génie immense. Mais est-ce un maître du bonheur ?

– *Les croyants ne peuvent se passer de l'espérance ?*

– Comme tous les êtres humains, ils connaissent des moments de bonheur et de malheur. Et leurs moments de bonheur, comme les nôtres, sont faits de joie et d'amour, bien plus que d'espérances – et, spécialement, bien plus que de la seule espérance d'une vie après la mort, sur laquelle nous n'avons guère d'informations ! C'est l'esprit vrai du christianisme, dans ce qu'il a de plus profond. Des trois vertus théologales (la foi, l'espérance, la charité), c'est la troisième, disait saint Paul, qui est la plus grande : «Tout le reste passera, la charité seule ne passera pas.» L'espérance passera ? Oui, puisque au paradis, pour les croyants, il n'y aura plus rien à espérer ! La foi passera ? Oui, puisque au paradis nous serons en Dieu : il n'y aura plus à croire en lui, mais à le connaître ou à le contempler ! Bref, dans le Royaume, il n'y aura plus ni foi ni espérance : il n'y aura que la charité, il n'y aura que l'amour ! Eh bien, mon point de vue d'athée fidèle, c'est de penser que nous sommes déjà dans le Royaume, ici et maintenant : qu'il s'agit d'habiter cet espace à la fois matériel et spirituel – le monde, le Royaume –, où rien n'est à croire, puisque tout est à connaître, et où rien n'est à espérer, puisque tout est à faire (pour ce qui dépend de nous) ou à aimer (pour ce qui n'en dépend pas).

– On en revient finalement à la même réflexion : toute joie n'est-elle pas hypothéquée par le fait que nous allons mourir ? Comment peut-on être heureux et aimer la vie lorsque l'on sait que, de toute façon, cela finira mal ?

– C'est ce qu'il y a de tragique dans la condition humaine... Pascal, là encore, est indépassable : « Le dernier acte est sanglant, quelque belle que soit la comédie en tout le reste. On jette enfin de la terre sur la tête, et en voilà pour jamais. » Mais faut-il pour autant renoncer à vivre ? Bien sûr que non ! La sagesse est plutôt d'aimer la vie comme elle est – fragile, mortelle, passagère –, au lieu de l'espérer autre (immortelle). Le gai désespoir se définit par le fait que l'on n'espère plus rien, pas même la vie à venir. Si vous espérez vivre encore dans deux ans, vous craignez d'être morte. Là encore, l'espoir et la crainte vont ensemble. Les expériences de bonheur que j'ai vécues sont plutôt des expériences, où, pour reprendre les termes de Proust, « l'idée même de la mort me devenait indifférente ». Le narrateur est en train de marcher sur les pavés de la place

Saint-Marc, à Venise, ou dans la cour de l'hôtel de Guermantes, ou bien il est en train de manger une madeleine trempée dans du thé, et soudain il fait cette expérience du temps retrouvé, c'est-à-dire de l'éternité (non pas au sens d'une durée infinie mais comme « un peu de temps à l'état pur » : comme présent). Telle est la véritable expérience du bonheur. La mort n'est pas oubliée, mais le fait de savoir que l'on va mourir ne change rien à ce que l'on vit, ici et maintenant. La mort n'empêche d'être heureux que ceux qui espèrent le bonheur pour plus tard, pour toujours. Or, bien évidemment, le bonheur ne peut durer toujours, puisque l'on va mourir. Pour ceux qui, au contraire, vivent le bonheur comme ouverture, mais actuelle, à une joie possible ou réelle, la mort ne fait plus problème – parce que la vie est la solution. Et la vie n'a pas besoin pour cela d'être immortelle ! Il s'agit d'aimer la vie, mais de l'aimer telle qu'elle est, c'est-à-dire éphémère. Belle formule d'André Gide, dans *Les Nourritures terrestres* : « Une pas assez constante pensée de la mort n'a donné pas assez de prix au plus petit instant de ta vie. » La mort ne nous empêche pas de jouir de la vie telle qu'elle est. Bien au contraire : si nous pensons la mort lucidement, la vie, dans sa brièveté même, n'en devient que plus précieuse. C'est précisément parce que la vie ne durera pas toujours, parce que nous allons mourir, que chaque moment a un prix irremplaçable. La valeur de la vie est d'autant plus grande qu'elle se détache, comme dit Gide, sur « le fond très obscur de la mort ». Les étoiles brillent d'autant plus intensément que le ciel est plus noir ; le jour, lui aussi, est semé d'étoiles ; mais nous ne les voyons pas, parce qu'il n'y a pas ce « fond très obscur ». C'est ainsi qu'il nous arrive de ne plus voir la vie, ou de la juger banale, parce que nous avons oublié que nous allons mourir. Penser à la mort, c'est une façon d'aimer encore davantage la vie. Bien loin que cela nous empêche d'être heureux, cela doit nous pousser à l'être sans attendre !

– *Sans attendre quoi ?*

– Allons jusqu'au bout. Être heureux sans attendre, cela veut dire entre autres : sans attendre d'être des sages. C'est la sagesse de Montaigne : la vie est plus précieuse que la philosophie, et un vrai bonheur, même imparfait comme tous les bonheurs le sont, vaut mieux qu'un bonheur idéal, qui n'est qu'un mythe ou un mensonge. Cessons de rêver la sagesse ! Cessons de rêver le bonheur ! «La vie, écrit Montaigne, est un mouvement matériel et corporel, action imparfaite de sa propre essence, et déréglée ; je m'emploie à la servir selon elle.» Le bonheur n'est pas le but du chemin, il est le chemin même. Chemin cahotant, approximatif, difficile ? Oui, presque toujours. Mais si nous n'aimons pas la difficulté, ou si nous ne l'acceptons pas, comment pourrions-nous aimer la vie ? Le bonheur n'est pas un repos ; c'est un effort qui réussit, ou un échec qui se surmonte. C'est dire qu'il n'y a pas de bonheur sans courage, et c'est ce qui donne raison aux stoïciens. Mais il y en a encore moins sans plaisir, c'est ce qui donne raison à Épicure, et sans amour, c'est ce qui donne raison à Socrate, qui ne se voulait expert qu'en amour, à Aristote («Aimer, c'est se réjouir»), à Montaigne («Pour moi donc, j'aime la vie»), à Spinoza («L'amour est une joie»), à Freud (quand on a perdu «la capacité d'aimer», c'est qu'on est malade), et à nous tous. Le bonheur n'est ni dans l'être ni dans l'avoir. Il est dans l'action, dans le plaisir et dans l'amour.

André Comte-Sponville

Traité du désespoir et de la béatitude
1. Le Mythe d'Icare
PUF, 1984
2. Vivre
PUF, 1988
(Rééd. en un seul volume, PUF, « Quadrige », 2002)

Une éducation philosophique
PUF, 1989

« Je ne suis pas philosophe »
Montaigne et la philosophie
Honoré Champion, 1993

L'Amour, la Solitude
Paroles d'Aube, 1993
rééd. Albin Michel, 2000
et LGF, « Le Livre de poche » n° 30015, 2004

Valeur et vérité
Études cyniques
PUF, 1994, 1998

Camus : de l'absurde à l'amour
(avec Laurent Bove et Patrick Renou)
Paroles d'Aube, 1995
rééd. La Renaissance du Livre, 2001

Arsène Lupin, gentilhomme philosopheur
(avec François George et Jean Rumain)
L'Aiguille Preuve, 1995
rééd. Le Félin, 1996

Impromptus
PUF, 1996

De l'autre côté du désespoir
Introduction à la pensée de Svâmi Prajnânpad
Accarias - L'Originel, 1997

La Sagesse des Modernes
(avec Luc Ferry)
Robert Laffont, 1998
« Presses Pocket », 1999

Pourquoi y a-t-il quelque chose plutôt que rien ?
T. Magnier Éditions, 1998

L'Être-temps
PUF, 1999

Chardin ou la matière heureuse
Adam Biro, 1999

Le Bonheur, désespérément
Pleins Feux, 2000
J'ai lu, « Librio », n° 513, 2002

Présentations de la philosophie
Albin Michel, 2000
LGF, « Le Livre de poche » n° 15332, 2002

Lucrèce, poète et philosophe
La Renaissance du Livre, 2001

Dictionnaire philosophique
PUF, 2001

Le capitalisme est-il moral ?
Albin Michel, 2004
LGF, 2006

Dieu existe-il encore ?
(avec Philippe Capelle)
Cerf, 2005

La Philosophie
PUF, « Que sais-je ? », 2005

La Vie humaine
(illustrations de Sylvie Thybert)
Hermann, 2005

L'Esprit de l'athéisme
Introduction à une spiritualité sans Dieu
Albin Michel, 2006

Chardin ou La Matière heureuse
Hermann, 2006

Jean Delumeau

Vie économique et sociale de Rome
dans la seconde moitié du XVIe siècle
De Boccard, 1959

L'Alun de Rome : XVe-XIXe siècles
École des hautes études en sciences sociales, 1963

La Civilisation de la Renaissance
Arthaud, 1973, rééd. 1984

La Mort des pays de Cocagne
Comportements collectifs, de la Renaissance à l'âge classique
(en coll. avec Michel Fontenay et Roger Chartier)
Publications de la Sorbonne, 1976

La Peur en Occident : XIVe-XVIIIe siècles, une cité assiégée
Fayard, 1978

Le Diocèse de Rennes
Beauchesne, 1979

Un chemin d'histoire : chrétienté et christianisation
Fayard, 1981

Le Péché et la Peur : la culpabilisation en Occident,
XIIIe-XVIIIe siècles
Fayard, 1983

Le Cas Luther
Desclée De Brouwer, 1983

Ce que je crois
Grasset, 1985

Les Malheurs des temps : histoire des fléaux
et des calamités en France
(dir. Jean Delumeau et Yves Lequin)
Larousse, 1987

La Pemière Communion : quatre siècles d'histoire
(dir. Jean Delumeau)
Desclée De Brouwer, 1987

Rassurer et protéger : le sentiment de sécurité
dans l'Occident d'autrefois
Fayard, 1989

Le Savant et la Foi : des scientifiques s'expriment
(dir. Jean Delumeau)
Flammarion, 1989, rééd. 1991

Histoire des pères et de la paternité
(dir. Jean Delumeau et Daniel Roche)
Larousse, 1990, rééd. 2000

L'Aveu et le Pardon : les difficultés de la confession,
XIIIe-XVIIIe siècles
Fayard, 1990
et « Le Livre de poche » n° 2935

L'Histoire du monde : Afrique, Amériques,
Europe, Extrême-Orient, Océanie
t. 3 : de 1492 à 1789
(dir. et préf. Jean Delumeau)
Larousse, 1995

La Religion de ma mère : les femmes
et la transmission de la foi
(dir. Jean Delumeau)
Cerf, 1992

Le Fait religieux
(dir. Jean Delumeau)
Fayard, 1993

Rome au XVIᵉ siècle
Hachette Littératures, 1994

L'Historien et la Foi
(dir. Jean Delumeau)
Fayard, 1996

Le Catholicisme entre Luther et Voltaire
(en coll. avec Monique Cottret)
PUF, 1996

Des religions et des hommes
(en coll. avec Sabine Melchior-Bonnet)
Desclée de Brouwer, 1997
et « Le Livre de poche » n° 13247

L'Italie de la Renaissance à la fin du XVIIIᵉ siècle
Armand Colin, 1997

La Peur en Occident : XVIᵉ-XVIIIᵉ siècles
Hachette Littératures, 1999

Une histoire de la Renaissance
Perrin, 1999

L'Acceptation de l'autre :
l'édit de Nantes d'hier à aujourd'hui
(dir. Jean Delumeau)
Fayard, 2000

Histoire de la Bretagne
(dir. Jean Delumeau)
Privat, 2000

Le Paradis
(en coll. avec Sabine Melchior-Bonnet)
La Martinière / Fayard, 2001

Une histoire du paradis
t. 1 : Le jardin des délices
t. 2 : Mille ans de bonheur
t. 3 : Que reste-t-il du paradis ?
Fayard, 1992, 1995 et 2000,
rééd. Hachette Littératures, 2002 et 2003

Naissance et affirmation de la Réforme
(en coll. avec Thierry Wanegffelen)
PUF, 2003

Guetter l'aurore : un christianisme pour demain
Grasset, 2003

Jésus et sa passion
(en coll. avec Gérard Billon)
Desclée de Brouwer, 2004

Un christianisme pour demain : guetter l'aurore
suivi de Le christianisme va-t-il mourir ?
Hachette Littératures, 2004

Une histoire du monde aux Temps modernes
(dir. et préf. Jean Delumeau)
Larousse, 2005

Arlette Farge

L'Histoire sans qualités
(en coll. avec Christiane Dufrancatel et Christine Faure)
Galilée, 1979

Vivre dans la rue
Une anthropologie de Paris au XVIIIe siècle
Gallimard, 1979

Le Désordre des familles : lettres de cachet
des archives de la Bastille
(en coll. avec Michel Foucault)
Gallimard, 1982

Le Miroir des femmes
Montalba, 1982

Madame ou mademoiselle ?
Itinéraires de la solitude féminine, XVIIIe-XXe siècles
Montalba, 1984

La Vie fragile : violence, pouvoirs et solidarités
à Paris au XVIIIe siècle
Hachette Littératures, 1986,
rééd. Seuil, 1992

Logiques de la foule : l'affaire des enlèvements d'enfants,
Paris, 1750
(en coll. avec Jacques Revel)
Hachette Littératures, 1988

Le Goût de l'archive
Seuil, 1989, rééd. 1997

Histoire des femmes en Occident
t. 3 : XVIe-XVIIIe siècles
(dir. Arlette Farge et Natalie Zemon Davis)
Plon, 1991,
rééd. Perrin, 2002

Dire et mal dire : l'opinion publique au XVIIIe siècle
Seuil, 1992

Vivre dans les rues de Paris au XVIIIe siècle
Gallimard, 1992

Le Cours ordinaire des choses dans la cité du XVIIIe siècle
Seuil, 1994

Les Fatigues de la guerre
Le Promeneur, 1996

Des lieux pour l'histoire
Seuil, 1997

De la violence des femmes
(dir. Arlette Farge et Cécile Dauphin)
Albin Michel, 1997
et « Pocket » n° 201

La Chambre à deux lits et le Cordonnier de Tel-Aviv
essai
Seuil, 2000

Les dahlias sont rouge sang
essai
La Pionnière, 2000

La Fracture sociale
(en coll. avec Jean-François Laé)
Desclée De Brouwer, 2000

Séduction et sociétés : approches historiques
(dir. Arlette Farge et Cécile Dauphin)
Seuil, 2001

La Nuit blanche
Seuil, 2002

Le Bracelet de parchemin : l'écrit sur soi, XVIIIe siècle
Bayard, 2003

Quel bruit ferons-nous ?
(entretiens avec Jean-Christophe Marti)
Les Prairies ordinaires, 2005

L'Enfant dans la ville : petite conférence sur la pauvreté
Bayard, 2005

Les Mots pour résister
Voyage de notre vocabulaire politique,
de la Résistance à aujourd'hui
Bayard, 2005

Effusion et tourment : le récit des corps :
histoire du peuple au XVIIIe siècle
Odile Jacob, 2007

RÉALISATION : PAO ÉDITIONS DU SEUIL
IMPRIMERIE : BRODARD ET TAUPIN À LA FLÈCHE
DÉPÔT LÉGAL : FÉVRIER 2006. N° 84959-3 (43419)
IMPRIMÉ EN FRANCE

Collection Points

DERNIERS TITRES PARUS

P1484. Code Da Vinci : l'enquête
Marie-France Etchegoin et Frédéric Lenoir
P1485. L.A. confidentiel : les secrets de Lance Armstrong
Pierre Ballester et David Walsh
P1486. Maria est morte, *Jean-Paul Dubois*
P1487. Vous aurez de mes nouvelles, *Jean-Paul Dubois*
P1488. Un pas de plus, *Marie Desplechin*
P1489. D'excellente famille, *Laurence Deflassieux*
P1490. Une femme normale, *Émilie Frèche*
P1491. La Dernière Nuit, *Marie-Ange Guillaume*
P1492. Le Sommeil des poissons, *Véronique Ovaldé*
P1493. La Dernière Note, *Jonathan Kellerman*
P1494. La Cité des Jarres, *Arnaldur Indridason*
P1495. Électre à La Havane, *Leonardo Padura*
P1496. Le croque-mort est bon vivant, *Tim Cockey*
P1497. Le Cambrioleur en maraude, *Lawrence Block*
P1498. L'Araignée d'émeraude. La Saga de Raven II
Robert Holdstock et Angus Wells
P1499. Faucon de mai, *Gillian Bradshaw*
P1500. La Tante marquise, *Simonetta Agnello Hornby*
P1501. Anita, *Alicia Dujovne Ortiz*
P1502. Mexico City Blues, *Jack Kerouac*
P1503. Poésie verticale, *Roberto Juarroz*
P1506. Histoire de Rofo, clown, *Howard Buten*
P1507. Manuel à l'usage des enfants qui ont des parents difficiles
Jeanne Van den Brouk
P1508. La Jeune Fille au balcon, *Leïla Sebbar*
P1509. Zenzela, *Azouz Begag*
P1510. La Rébellion, *Joseph Roth*
P1511. Falaises, *Olivier Adam*
P1512. Webcam, *Adrien Goetz*
P1513. La Méthode Mila, *Lydie Salvayre*
P1514. Blonde abrasive, *Christophe Paviot*
P1515. Les Petits-Fils nègres de Vercingétorix, *Alain Mabanckou*
P1516. 107 ans, *Diastème*
P1517. La Vie magnétique, *Jean-Hubert Gailliot*
P1518. Solos d'amour, *John Updike*
P1519. Les Chutes, *Joyce Carol Oates*
P1520. Well, *Matthieu McIntosh*
P1521. À la recherche du voile noir, *Rick Moody*

P1522. Train, *Pete Dexter*

P1523. Avidité, *Elfriede Jelinek*

P1524. Retour dans la neige, *Robert Walser*

P1525. La Faim de Hoffman, *Leon De Winter*

P1526. Marie-Antoinette, la naissance d'une reine.
Lettres choisies, *Évelyne Lever*

P1527. Les Petits Verlaine *suivi de* Samedi, dimanche et fêtes
Jean-Marc Roberts

P1528. Les Seigneurs de guerre de Nin. La Saga du Roi Dragon II
Stephen Lawhead

P1529. Le Dire des Sylfes. La Malerune II
Michel Robert et Pierre Grimbert

P1530. Le Dieu de glace. La Saga de Raven III
Robert Holdstock et Angus Wells

P1531. Un bon cru, *Peter Mayle*

P1532. Confessions d'un boulanger, *Peter Mayle et Gérard Auzet*

P1533. Un poisson hors de l'eau, *Bernard Comment*

P1534. Histoire de la Grande Maison, *Charif Majdalani*

P1535. La Partie belle *suivi de* La Comédie légère
Jean-Marc Roberts

P1536. Le Bonheur obligatoire, *Norman Manea*

P1537. Les Larmes de ma mère, *Michel Layaz*

P1538. Tant qu'il y aura des élèves, *Hervé Hamon*

P1539. Avant le gel, *Henning Mankell*

P1540. Code 10, *Donald Harstad*

P1541. Les Nouvelles Enquêtes du juge Ti, vol. 1
Le Château du lac Tchou-An, *Frédéric Lenormand*

P1542. Les Nouvelles Enquêtes du juge Ti, vol. 2
La Nuit des juges, *Frédéric Lenormand*

P1543. Que faire des crétins ? Les perles du Grand Larousse
Pierre Enckell et Pierre Larousse

P1544. Motamorphoses. À chaque mot son histoire
Daniel Brandy

P1545. L'habit ne fait pas le moine. Petite histoire des expressions
Gilles Henry

P1546. Petit fictionnaire illustré. Les mots qui manquent au dico
Alain Finkielkraut

P1547. Le Pluriel de bric-à-brac et autres difficultés
de la langue française, *Irène Nouailhac*

P1548. Un bouquin n'est pas un livre. Les nuances des synonymes
Rémi Bertrand

P1549. Sans nouvelles de Gurb, *Eduardo Mendoza*

P1550. Le Dernier Amour du président, *Andreï Kourkov*

P1551. L'Amour, soudain, *Aharon Appelfeld*

P1552. Nos plus beaux souvenirs, *Stewart O'Nan*

P1553. Saint-Sépulcre !, *Patrick Besson*
P1554. L'Autre comme moi, *José Saramago*
P1555. Pourquoi Mitterrand ?, *Pierre Joxe*
P1556. Pas si fous ces Français !
    Jean-Benoît Nadeau et Julie Barlow
P1557. La Colline des Anges
    Jean-Claude Guillebaud et Raymond Depardon
P1558. La Solitude heureuse du voyageur
    précédé de Notes, *Raymond Depardon*
P1559. Hard Revolution, *George P. Pelecanos*
P1560. La Morsure du lézard, *Kirk Mitchell*
P1561. Winterkill, *C.J. Box*
P1562. La Morsure du dragon, *Jean-François Susbielle*
P1563. Rituels sanglants, *Craig Russell*
P1564. Les Écorchés, *Peter Moore Smith*
P1565. Le Crépuscule des géants. Les Enfants de l'Atlantide III
    Bernard Simonay
P1566. Aara. Aradia I, *Tanith Lee*
P1567. Les Guerres de fer. Les Monarchies divines III
    Paul Kearney
P1568. La Rose pourpre et le Lys, tome 1, *Michel Faber*
P1569. La Rose pourpre et le Lys, tome 2, *Michel Faber*
P1570. Sarnia, *G.B. Edwards*
P1571. Saint-Cyr/La Maison d'Esther, *Yves Dangerfield*
P1572. Renverse du souffle, *Paul Celan*
P1573. Pour un tombeau d'Anatole, *Stéphane Mallarmé*
P1574. 95 poèmes, *E.E. Cummings*
P1575. Le Dico des mots croisés.
    8 000 définitions pour devenir imbattable, *Michel Laclos*
P1576. Les deux font la paire.
    Les couples célèbres dans la langue française
    Patrice Louis
P1577. C'est la cata. Petit manuel du français maltraité
    Pierre Bénard
P1578. L'Avortement, *Richard Brautigan*
P1579. Les Braban, *Patrick Besson*
P1580. Le Sac à main, *Marie Desplechin*
P1581. Nouvelles du monde entier, *Vincent Ravalec*
P1582. Le Sens de l'arnaque, *James Swain*
P1583. L'Automne à Cuba, *Leonardo Padura*
P1584. Le Glaive et la Flamme. La Saga du Roi Dragon III
    Stephen Lawhead
P1585. La Belle Arcane. La Malerune III
    Michel Robert et Pierre Grimbert
P1586. Femme en costume de bataille, *Antonio Benitez-Rojo*

P1587. Le Cavalier de l'Olympe. Le Châtiment des Dieux II
François Rachline
P1588. Le Pas de l'ourse, *Douglas Glover*
P1589. Lignes de fond, *Neil Jordan*
P1590. Monsieur Butterfly, *Howard Buten*
P1591. Parfois je ris tout seul, *Jean-Paul Dubois*
P1592. Sang impur, *Hugo Hamilton*
P1593. Le Musée de la sirène, *Cypora Petitjean-Cerf*
P1594. Histoire de la gauche caviar, *Laurent Joffrin*
P1595. Les Enfants de chœur (Little Children), *Tom Perrotta*
P1596. Les Femmes politiques, *Laure Adler*
P1597. La Preuve par le sang, *Jonathan Kellerman*
P1598. La Femme en vert, *Arnaldur Indridason*
P1599. Le Che s'est suicidé, *Petros Markaris*
P1600. Les Nouvelles Enquêtes du juge Ti, vol. 3
Le Palais des courtisanes, *Frédéric Lenormand*
P1601. Trahie, *Karin Alvtegen*
P1602. Les Requins de Trieste, *Veit Heinichen*
P1603. Pour adultes seulement, *Philip Le Roy*
P1604. Offre publique d'assassinat, *Stephen W. Frey*
P1605. L'Heure du châtiment, *Eileen Dreyer*
P1606. Aden, *Anne-Marie Garat*
P1607. Histoire secrète du Mossad, *Gordon Thomas*
P1608. La Guerre du paradis. Le Chant d'Albion I
Stephen Lawhead
P1609. La Terre des Morts. Les Enfants de l'Atlantide IV
Bernard Simonay
P1610. Thenser. Aradia II, *Tanith Lee*
P1611. Le Petit Livre des gros câlins, *Kathleen Keating*
P1612. Un soir de décembre, *Delphine de Vigan*
P1613. L'Amour foudre, *Henri Gougaud*
P1614. Chaque jour est un adieu
suivi de Un jeune homme est passé
Alain Rémond
P1615. Clair-obscur, *Jean Cocteau*
P1616. Chihuahua, zébu et Cie.
L'étonnante histoire des noms d'animaux
Henriette Walter et Pierre Avenas
P1617. Les Chaussettes de l'archiduchesse et autres défis
de la prononciation
Julos Beaucarne et Pierre Jaskarzec
P1618. My rendez-vous with a femme fatale.
Les mots français dans les langues étrangères
Franck Resplandy
P1619. Seulement l'amour, *Philippe Ségur*

P1620. La Jeune Fille et la Mère, *Leïla Marouane*
P1621. L'Increvable Monsieur Schneck, *Colombe Schneck*
P1622. Les Douze Abbés de Challant, *Laura Mancinelli*
P1623. Un monde vacillant, *Cynthia Ozick*
P1624. Les Jouets vivants, *Jean-Yves Cendrey*
P1625. Le Livre noir de la condition des femmes
       Christine Ockrent (dir.)
P1626. Comme deux frères, *Jean-François Kahn et Axel Kahn*
P1627. Equador, *Miguel Sousa Tavares*
P1628. Du côté où se lève le soleil, *Anne-Sophie Jacouty*
P1629. L'Affaire Hamilton, *Michelle De Kretser*
P1630. Une passion indienne, *Javier Moro*
P1631. La Cité des amants perdus, *Nadeem Aslam*
P1632. Rumeurs de haine, *Taslima Nasreen*
P1633. Le Chromosome de Calcutta, *Amitav Ghosh*
P1634. Show business, *Shashi Tharoor*
P1635. La Fille de l'arnaqueur, *Ed Dee*
P1636. En plein vol, *Jan Burke*
P1637. Retour à la Grande Ombre, *Hakan Nesser*
P1638. Wren. Les Descendants de Merlin I, *Irene Radford*
P1639. Petit manuel de savoir-vivre à l'usage des enseignants
       Boris Seguin, Frédéric Teillard
P1640. Les Voleurs d'écritures *suivi de* Les Tireurs d'étoiles
       Azouz Begag
P1641. L'Empreinte des dieux. Le Cycle de Mithra I
       Rachel Tanner
P1642. Enchantement, *Orson Scott Card*
P1643. Les Fantômes d'Ombria, *Patricia A. McKillip*
P1644. La Main d'argent. Le Chant d'Albion II
       Stephen Lawhead
P1645. La Quête de Nifft-le-mince, *Michael Shea*
P1646. La Forêt d'Iscambe, *Christian Charrière*
P1647. La Mort du Nécromant, *Martha Wells*
P1648. Si la gauche savait, *Michel Rocard*
P1649. Misère de la Ve République, *Bastien François*
P1650. Photographies de personnalités politiques
       Raymond Depardon
P1651. Poèmes païens de Alberto Caeiro et Ricardo Reis
       Fernando Pessoa
P1652. La Rose de personne, *Paul Celan*
P1653. Caisse claire, poèmes 1990-1997, *Antoine Emaz*
P1654. La Bibliothèque du géographe, *Jon Fasman*
P1655. Parloir, *Christian Giudicelli*
P1656. Poils de Cairote, *Paul Fournel*
P1657. Palimpseste, *Gore Vidal*

P1658. L'Épouse hollandaise, *Eric McCormack*
P1659. Ménage à quatre, *Manuel Vázquez Montalbán*
P1660. Milenio, *Manuel Vázquez Montalbán*
P1661. Le Meilleur de nos fils, *Donna Leon*
P1662. Adios Hemingway, *Leonardo Padura*
P1663. L'avenir c'est du passé, *Lucas Fournier*
P1664. Le Dehors et le Dedans, *Nicolas Bouvier*
P1665. Partition rouge.
Poèmes et chants des indiens d'Amérique du Nord
Jacques Roubaud, Florence Delay
P1666. Un désir fou de danser, *Elie Wiesel*
P1667. Lenz, *Georg Büchner*
P1668. Resmiranda. Les Descendants de Merlin II
Irene Radford
P1669. Le Glaive de Mithra. Le Cycle de Mithra II
Rachel Tanner
P1670. Phénix vert.Trilogie du Latium I, *Thomas B. Swann*
P1671. Essences et parfums, *Anny Duperey*
P1672. Naissances, *Collectif*
P1673. L'Évangile une parole invincible, *Guy Gilbert*
P1674. L'Époux divin, *Francisco Goldman*
P1675. La Comtesse de Pimbêche
et autres étymologies curieuses
Pierre Larousse
P1676. Les Mots qui me font rire
et autres cocasseries de la langue française
Jean-Loup Chiflet
P1677. Les carottes sont jetées.
Quand les expressions perdent la boule
Olivier Marchon
P1678. Le Retour du professeur de danse, *Henning Mankell*
P1679. Romanzo Criminale, *Giancarlo de Cataldo*
P1680. Ciel de sang, *Steve Hamilton*
P1681. Ultime Témoin, *Jilliane Hoffman*
P1682. Los Angeles, *Peter Moore Smith*
P1683. Encore une journée pourrie
ou 365 bonnes raisons de rester couché, *Pierre Enckell*
P1684. Chroniques de la haine ordinaire 2, *Pierre Desproges*
P1685. Desproges, portrait, *Marie-Ange Guillaume*
P1686. Les Amuse-Bush, *Collectif*
P1687. Mon valet et moi, *Hervé Guibert*
P1688. T'es pas mort !, *Antonio Skármeta*
P1689. En la forêt de Longue Attente.
Le roman de Charles d'Orléans, *Hella S. Haasse*
P1690. La Défense Lincoln, *Michael Connelly*

P1691. Flic à Bangkok, *Patrick Delachaux*
P1692. L'Empreinte du renard, *Moussa Konaté*
P1693. Les fleurs meurent aussi, *Lawrence Block*
P1694. L'Ultime Sacrilège, *Jérôme Bellay*
P1695. Engrenages, *Christopher Wakling*
P1696. La Sœur de Mozart, *Rita Charbonnier*
P1697. La Science du baiser, *Patrick Besson*
P1698. La Domination du monde, *Denis Robert*
P1699. Minnie, une affaire classée, *Hans Werner Kettenbach*
P1700. Dans l'ombre du Condor, *Jean-Paul Delfino*
P1701. Le Nœud sans fin. Le Chant d'Albion III
      Stephen Lawhead
P1702. Le Feu primordial, *Martha Wells*
P1703. Le Très Corruptible Mandarin, *Qiu Xiaolong*
P1704. Dexter revient !, *Jeff Lindsay*
P1705. Vous plaisantez, monsieur Tanner, *Jean-Paul Dubois*
P1706. À Garonne, *Philippe Delerm*
P1707. Pieux mensonges, *Maile Meloy*
P1708. Chercher le vent, *Guillaume Vigneault*
P1709. Les Pierres du temps et autres poèmes, *Tahar Ben Jelloun*
P1710. René Char, *Éric Marty*
P1711. Les Dépossédés, *Robert McLiam Wilson et Donovan Wylie*
P1712. Bob Dylan à la croisée des chemins. Like a Rolling Stone
      Greil Marcus
P1713. Comme une chanson dans la nuit
      suivi de Je marche au bras du temps, *Alain Rémond*
P1714. Où les borgnes sont rois, *Jess Walter*
P1715. Un homme dans la poche, *Aurélie Filippetti*
P1716. Prenez soin du chien, *J.M. Erre*
P1717. La Photo, *Marie Desplechin*
P1718. À ta place, *Karine Reysset*
P1719. Je pense à toi tous les jours, *Hélèna Villovitch*
P1720. Si petites devant ta face, *Anne Brochet*
P1721. Ils s'en allaient faire des enfants ailleurs
      Marie-Ange Guillaume
P1722. Le Jugement de Léa, *Laurence Tardieu*
P1723. Tibet or not Tibet, *Péma Dordjé*
P1724. La Malédiction des ancêtres, *Kirk Mitchell*
P1725. Le Tableau de l'apothicaire, *Adrian Mathews*
P1726. Out, *Natsuo Kirino*
P1727. La Faille de Kaïber. Le Cycle des Ombres I
      Mathieu Gaborit
P1728. Griffin. Les Descendants de Merlin III, *Irene Radford*
P1729. Le Peuple de la mer. Le Cycle du Latium II
      Thomas B. Swann

P1730. Sexe, mensonges et Hollywood, *Peter Biskind*
P1731. Qu'avez-vous fait de la révolution sexuelle ?
       Marcela Iacub
P1732. Persée, prince de la lumière. Le Châtiment des dieux III
       François Rachline
P1733. Bleu de Sèvres, *Jean-Paul Desprat*
P1734. Julius et Isaac, *Patrick Besson*
P1735. Une petite légende dorée, *Adrien Goetz*
P1736. Le Silence de Loreleï, *Carolyn Parkhurst*
P1737. Déposition, *Leon Werth*
P1738. La Vie comme à Lausanne, *Erik Orsenna*
P1739. L'Amour, toujours !, *Abbé Pierre*
P1740. Henri ou Henry, *Didier Decoin*
P1741. Mangez-moi, *Agnès Desarthe*
P1742. Mémoires de porc-épic, *Alain Mabanckou*
P1743. Charles, *Jean-Michel Béquié*
P1744. Air conditionné, *Marc Vilrouge*
P1745. L'Homme qui apprenait lentement, *Thomas Pynchon*
P1746. Extrêmement fort et incroyablement près
       Jonathan Safran Foer
P1747. La Vie rêvée de Sukhanov, *Olga Grushin*
P1748. Le Retour du Hooligan, *Norman Manea*
P1749. L'Apartheid scolaire, *G. Fellouzis & Cie*
P1750. La Montagne de l'âme, *Gao Xingjian*
P1751. Les Grands Mots du professeur Rollin
       Panacée, ribouldingue et autres mots à sauver
       Le Professeur Rollin
P1752. Dans les bras de Morphée
       Histoire des expressions nées de la mythologie
       Isabelle Korda
P1753. Parlez-vous la langue de bois ?
       Petit traité de manipulation à l'usage des innocents
       Martine Chosson
P1754. Je te retrouverai, *John Irving*
P1755. L'Amant en culottes courtes, *Alain Fleischer*
P1756. Billy the Kid, *Michael Ondaatje*
P1757. Le Fou de Printzberg, *Stéphane Héaume*
P1758. La Paresseuse, *Patrick Besson*
P1759. Bleu blanc vert, *Maïssa Bey*
P1760. L'Été du sureau, *Marie Chaix*
P1761. Chroniques du crime, *Michael Connelly*
P1762. Le croque-mort enfonce le clou, *Tim Cockey*
P1763. La Ligne de flottaison, *Jean Hatzfeld*
P1764. Le Mas des alouettes, Il était une fois en Arménie
       Antonia Arslan

P1765. L'Œuvre des mers, *Eugène Nicole*
P1766. Les Cendres de la colère. Le Cycle des Ombres II
    Mathieu Gaborit
P1767. La Dame des abeilles. Le Cycle du latium III
    Thomas B. Swann
P1768. L'Ennemi intime, *Patrick Rotman*
P1769. Nos enfants nous haïront
    Denis Jeambar & Jacqueline Remy
P1770. Ma guerre contre la guerre au terrorisme
    Terry Jones
P1771. Quand Al-Quaïda parle, *Farhad Khosrokhavar*
P1772. Les Armes secrètes de la C.I.A., *Gordon Thomas*
P1773. Asphodèle, *suivi de* Tableaux d'après Bruegel
    William Carlos Williams
P1774. Poésie espagnole 1945-1990 (anthologie)
    Claude de Frayssinet
P1775. Mensonges sur le divan, *Irvin D. Yalom*
P1776. Le Cycle de Deverry. Le Sortilège de la dague I
    Katharine Kerr
P1777. La Tour de guet suivi des Danseurs d'Arun.
    Les Chroniques de Tornor I, *Elisabeth Lynn*
P1778. La Fille du Nord, Les Chroniques de Tornor II
    Elisabeth Lynn
P1779. L'Amour humain, *Andreï Makine*
P1780. Viol, une histoire d'amour, *Joyce Carol Oates*
P1781. La Vengeance de David, *Hans Werner Kettenbach*
P1782. Le Club des conspirateurs, *Jonathan Kellerman*
P1783. Sanglants trophées, *C.J. Box*
P1784. Une ordure, *Irvine Welsh*
P1785. Owen Noone et Marauder, *Douglas Cowie*
P1786. L'Autre Vie de Brian, *Graham Parker*
P1787. Triksta, *Nick Cohn*
P1788. Une histoire politique du journalisme
    Géraldine Muhlmann
P1789. Les Faiseurs de pluie.
    L'histoire et l'impact futur du changement climatique
    Tim Flannery
P1790. La Plus Belle Histoire de l'amour, *Dominique Simonnet*
P1791. Poèmes et proses, *Gerard Manley Hopkins*
P1792. Lieu-dit l'éternité, poèmes choisis, *Emily Dickinson*
P1793. La Couleur bleue, *Jörg Kastner*
P1794. Le Secret de l'imam bleu, *Bernard Besson*
P1795. Tant que les arbres s'enracineront
    dans la terre et autres poèmes, *Alain Mabanckou*
P1796. Cité de Dieu, *E.L. Doctorow*

P1797. Le Script, *Rick Moody*
P1798. Raga, approche du continent invisible, *J.M.G. Le Clézio*
P1799. Katerina, *Aharon Appelfeld*
P1800. Une opérette à Ravensbrück, *Germaine Tillion*
P1801. Une presse sans Gutenberg,
        Pourquoi Internet a révolutionné le journalisme
        Bruno Patino et Jean-François Fogel
P1802. Arabesques. L'aventure de la langue en Occident
        Henriette Walter et Bassam Baraké
P1803. L'Art de la ponctuation. Le point, la virgule
        et autres signes fort utiles
        Olivier Houdart et Sylvie Prioul
P1804. À mots découverts. Chroniques au fil de l'actualité
        Alain Rey
P1805. L'Amante du pharaon, *Naguib Mahfouz*
P1806. Contes de la rose pourpre, *Michel Faber*
P1807. La Lucidité, *José Sarramago*
P1808. Fleurs de Chine, *Wei-Wei*
P1809. L'Homme ralenti, *J.M. Coetzee*
P1810. Rêveurs et nageurs, *Denis Grozdanovitch*
P1811. - 30°, *Donald Harstad*
P1812. Le Second Empire. Les Monarchies divines IV
        Paul Kearney
P1813. Été machine, *John Crowley*
P1814. Ils sont votre épouvante, et vous êtes leur crainte
        Thierry Jonquet
P1815. Paperboy, *Pete Dexter*
P1816. Bad city blues, *Tim Willocks*
P1817. Le Vautour, *Gil Scott Heron*
P1818. La Peur des bêtes, *Enrique Serna*
P1819. Accessible à certaine mélancolie, *Patrick Besson*
P1820. Le Diable de Milan, *Martin Suter*
P1821. Funny Monney, *James Swain*
P1822. J'ai tué Kennedy ou les mémoires d'un garde du corps
        Manuel Vázquez Montalbán
P1823. Assassinat à Prado del Rey et autres histoires sordides
        Manuel Vázquez Montalbán
P1824. Laissez entrer les idiots. Témoignage d'un autiste
        Kamran Nazeer
P1825. Patients si vous saviez, *Christian Lehmann*
P1826. La Société cancérigène
        Geneviève Barbier et Armand Farrachi
P1827. La Mort dans le sang, *Joshua Spanogle*
P1828. Une âme de trop, *Brigitte Aubert*